Johnboy Schneider

Der Zeitgeist

AF286915

Johnboy Schneider

Der Zeitgeist

Eine humorvoll ortsunansässige,
zeitbeschleunigte Fantasiegeschichte

Impressum

Bibliografische Information der Deutschen
Nationalbibliothek:
Die Deutsche Nationalbibliothek verzeichnet diese
Publikation in der Deutschen Nationalbibliografie;
detaillierte bibliografische Daten sind im Internet über
http://dnb.dnb.de abrufbar.

© 2020 Johnboy Schneider
alias Jan Willand
Natruper Straße 103
49170 Hagen a.T.W.

Lektorat: Maria Engels, Rohlmann & Engels, Rheine
www.lektorat-rohlmann-engels.com/

Umschlaggestaltung: Claudia Sziele, Julifisch Design
www.julifisch.de

Herstellung und Verlag: BoD – Books on Demand,
Norderstedt

ISBN: 978-3-7526-3032-9

Wenn uns die Zeit im Nacken sitzt, stellt sich
die Frage, wofür wir sie nutzen.
Für das Heute? Das Morgen?

Vielleicht einfach nur für die Gewissheit,
dass wir den Momenten,
die wir im Miteinander verbringen,
mehr Beachtung schenken sollten,
als der Zeit selbst.

Inhalt

NULL
GRMPF

Am Anfang war nichts.

Der junge Mann blickte sich um. Hoffte, etwas Verheissungsvolles zu entdecken. Doch da war nichts.

Er wandte sich wieder an seinen Begleiter. „Kommt da noch was?"

„Was meinst du?" Die Stimme seines Gegenüber war von undurchdringlicher Tiefe. Wie das Nichts um sie herum.

Umgeben von Schwärze standen die beiden in einem Raum voller Undefinierbarkeit. Logisch. Es war nichts zu sehen, kein Laut zu hören. Die Stille war so intensiv, dass er sich die Ohren zuhalten musste. Er versuchte sich auszumalen, wie genau sein Gegenüber wohl aussähe. Doch da war nichts, kein Anhaltspunkt. Das war eine der Tücken, wenn man sich mit dem Bösen einließ.

„Na ja, wir sind immerhin gerade dabei, einen geheimnisvollen magischen Pakt zu schließen. Eine Symbiose der Allmacht und der Zwietracht zu beschwören – oder so etwas in der Art", erwiderte der junge Mann.

„Mach es nicht so dramatisch", entgegnete das Böse. „Wir haben eine Vereinbarung getroffen, nichts weiter. Das mache ich ständig. Oder was glaubst du, warum all die seltsamen Dinge passieren?"

„Worauf spielst du an?"

„Krankheit, Verbrechen, Missgunst, Lakritzschnecken. So was eben."

„Verstehe."

„Tust du nicht."

„Jetzt hör aber auf..."

„Ihr Menschen glaubt an den Verstand. Und genau da liegt das Problem. Schaltet euren Verstand aus und konzentriert euch auf das Glauben. Das reicht vollkommen. Allerdings würde mir dann ziemlich langweilig werden." Das Böse hielt kurz inne, um sich zu sortieren und wieder zum Kern ihrer Unterredung zurückzukehren. „Eigentlich ist es egal. Du verstehst sowieso nichts. Schon gar nicht das mit den Lakritzschnecken."

„Was haben die Lakritzschnecken damit zu tun?"

„Sie werden noch eine bedeutende Rolle spielen. Aber du wirst es vermutlich nicht mitbekommen."

„O Mann, du machst mich fertig", erwiderte der junge Mann genervt.

„Beruhig dich. Du bist mich ja gleich los", gab das Böse zurück, „Du glaubst also, verstehen zu müssen, wie du die Zeit mit Hilfe magischer Kräfte in ihre Schranken weisen kannst?"

„Das war mein Plan. Darüber verhandeln wir doch gerade."

„Ich wollte es nur zusammenfassen."

„Und, kommen wir nun ins Geschäft?"

Das Böse neigte seinen gewaltigen Kopf zur Seite und warf einen eindringlichen Blick auf den jungen Mann, der ihn trotz Dunkelheit bis in die Fußspitzen erschauern ließ.

Er verspürte leichte Kopfschmerzen.

„Ich verleihe dir magische Kräfte. Du tust damit, was du nicht lassen kannst. Dafür wirst du in meine Dienste treten. Ein weiterer treuer Vertriebsmitarbeiter, der für mehr Unruhe in dieser langweiligen Welt sorgt. Erstattung gibt es nicht, also komm nachher nicht angerannt und heul rum, weil du dein altes Leben zurück haben willst." Es wusste, wovon es redete.

„Bestimmt nicht. Also, legen wir los?"

Die Szenerieadditive, die jeden einzelnen Moment des Lebens sinnlich ausgestalten, verdichteten sich zu einer explosiven Atmosphäre-Sphäre. Eine jener Gefühlslagen, die unser Leben so lebendig und verwirrend gestalten. Allen voran Hochspannung war kaum auszuhalten und brachte die Luft zum Knistern. Die Augen des jungen Mannes waren weit geöffnet. Die Erwartungen brodelten in ihm und erhitzten sein Gemüt, als das Böse den Schlussstrich zog

„Eine Sache noch."

„Was denn?", fragte er sein monströses Gegenüber. Er wurde müde und wollte nach Hause.

„Deine Unterschrift." Das Böse hielt ihm ein in abgewetztes Leder gebundenes Schriftstück unter die Nase.

„Meinetwegen." Der junge Mann unterschrieb erstaunlich treffsicher. Irgendeine Macht schien seine Hand im Schutze der Dunkelheit sicher über das Pergament zu führen.

„Und hier noch einmal." Eine Seite wurde umgeschlagen.

„Willst du mich …"

Ein rötliches Flackern in den Augen des Bösen war das erste sichtbare Zeichen seiner Anwesenheit und mahnte den jungen Mann zum Schweigen.

„OK", sagte er kleinlaut, nachdem er erneut unterschrieben hatte.

„Dann bitte noch diesen Durchschlag …" Es wartete kurz. „Und ein letztes Mal hier."

In diesem Moment wurden dem jungen Mann zwei Dinge bewusst: Er schloss tatsächlich einen Vertrag mit dem Bösen. Und das Böse offenbarte sich mal wieder in kleinkarierten Formalitäten des Alltags. Selbst hier. Im Nichts. In der Stille. Mit diesem albernen Vertrag.

Was würde als Nächstes passieren? Sollte er sein Erstgeborenes opfern? Bei Vollmond sein Blut auf einem Grabstein verschmieren?

„Bis später", brummte das Böse.

„Was? Wie jetzt, das war's?"

„Was hast du erwartet?"

„Keine Ahnung? Infernales Getöse? Feuerspeiende Erdspalten? Dramatisches Grollen oder Lichtblitze, die dieses Dunkel hier in gleißendes Licht tauchen? Ein paar vereinzelte, schwefelige Ausdünstungen? Oder wenigstens ein paar Kerzen?"

„Dein Ernst?"

„Hey, du bist immerhin das Böse!"

„Und? Ich neige nicht zur Melodramatik."

„Puh." Der junge Mann kratzte sich am Kopf und atmete tief durch. „Na gut, dann bis später."

Stille. Ratlosigkeit. Wie würde er hier fortkommen? Würde er hier überhaupt wieder wegkommen?

„Buh!" war die Antwort auf seine ungestellte Frage.

Ein unheilvolles Lachen löste sich in der Brust des Bösen und rollte wie eine Lawine zynischen Gerölls durch das Dunkel.

Der junge Mann erschrak, taumelte rückwärts, blinzelte.

Als er die Augen wieder öffnete, blendete ihn das gleißende Sonnenlicht. Zum Schutz hob er die Hände vors Gesicht. Er war zurück.

Aber woher zurück? Seine Erinnerungen zerrannen noch während er versuchte, sie zu rekonstruieren Was war eben geschehen? Er wollte der Zeit einen Schritt voraus sein. Ewiges Leben sozusagen. Ach ja, darum die Unterschriften. Viele Unterschriften. Was genau hatte er da eigentlich unterschrieben? Hatte er überhaupt das Kleingedruckte gelesen? Die Rückseiten?

„Grmpf", machte der junge Mann und redete sich ein, einen guten Handel abgeschlossen zu haben.

Die Zeit kommt. Die Zeit geht. Und bringt dabei unser Leben gehörig durcheinander. Zielstrebig und kompromisslos macht sie ihr Ding. Einem Geist gleich. Und mit Geistern war noch nie zu spaßen. Doch daran hatte der junge Mann keinen Gedanken verschwendet, bevor er den Deal eingegangen war.

Am Ende blieb ihm nichts.

EINS
FRÜHLING

Laber-Ra-Barbar war ein Geschichtenerzähler der gutmütigen Art. Und ein Träumer. Er träumte, wann immer die Zeit es ihm gestattete. Hätte er gewusst, dass ihn dieser Tag mit einem Albtraum überraschen würde, hätte er lächelnd abgelehnt. Für das Schlechte in dieser Welt war er nicht gemacht. Zu dumm, dass er kein Mitspracherecht hatte.

Der Erzähler sonnte sich nicht nur in entspannter Ahnungslosigkeit, sondern auch in der Frühlingssonne, die hoch am Himmel stand. Die Wiesen verströmten ein saftiges Aroma. Ihr Grün war so satt, dass der Betrachter sich daran weiden musste, um sie vor dem Völlegefühl zu bewahren. Die Vögel trällerten eine beschwingte, wenn auch alberne Melodie. Die männlichen Futterspäher nutzten die Gunst des Frühlings, um ihr auffallend buntes Gefieder zur Schau zu stellen. Sie machten sich schön, um die Zeit des Aufblühens, Auflebens und sich Aufdrängens willkommen zu heißen. Die Futterspäher-Weibchen belächelten das Schauspiel und übten sich in Zurückhaltung.

Mitten in der dieser ornithologischen Aufbruchstimmung bereitete sich eine kleine Ansammlung von Bäumen auf die Blüte vor und übte sich in den ersten Schattenwürfen des noch jungen Jahres. In einem dieser Schatten lehnte Laber-Ra-Barbar am kräftigen Stamm einer Klecker-Kastanie. Ein Beutel ruhte neben ihm im Gras. Der Geschichtenerzähler kaute auf einem Halm und genoss die Natur, die ihn von allen Seiten betörte.

„Diese Pracht muss man selbst erleben", flüsterte er mehr zu sich als zu der karierten Echse, die ihn von einem sonnigen Fleck aus interessiert musterte.

Der junge Mann erinnerte sich, wie Mutter-Ra-Barbar einst die Gunst eben dieser Jahreszeit schamlos ausgenutzt hatte. Sein künftiger Vater hatte schon seit Wochen den muskulösen Körper, den er gerne gehabt hätte, in einer bunten Balz-Weste zur Schau gestellt. Mit Erfolg. Es kam zur entscheidenden körperlichen Kollision zwischen seinen Eltern. Sie war von viel Liebe, Warmherzigkeit und Sorgfalt bestimmt. Für Letzteres hatte Mutter-Ra-Barbar gesorgt. Als pragmatische und tüchtige Frau überließ sie ungern etwas dem Schicksal, das sich allzu oft zur falschen Zeit am falschen Ort einzumischen pflegte. Das Ergebnis war entsprechend ausgereift.

Nach vielen Monaten der Schwangerschaft und vielen Stunden Wehen erblickte der ziemlich kleine Laber-Ra-Barbar das Licht der Welt.

„Großartig!", schallte es über den Hof des Bauernhauses. Seine Eltern waren irritiert über den Ausruf ihres Sprösslings so unmittelbar nach der Geburt.

Ein körperlich reges und praktisch veranlagtes Kind hatten sich die beiden gewünscht. Dass sie ein geistig reges, aber völlig unpraktisch veranlagtes Kind gezeugt hatten, wurde ihnen erst später bewusst. Das Schicksal eben …

Es war offensichtlich, dass Laber-Ra-Barbar von seiner Geburt begeistert war. Obwohl es in der entscheidenden Frühlingsnacht draußen gestürmt hatte, oder vielleicht gerade deswegen, mochte er das Leben, das Universum und den ganzen Rest. Er gab sich ganz und gar den Eindrücken hin, die seine Umwelt zu bieten hatte. Tiere, Pflanzen, Felder, Wiesen und Buchstabensuppe – das Leben war für ihn ein unerschöpflicher Schatz, den er innerlich anhäufte und der ihn zu einem wohlhabenden Menschen machte.

Seine Eltern hatten keine Mühen gescheut, ihm zumindest das nötige Maß an Pragmatismus mitzugeben, das er benötigte, um später einmal den Hof bewirtschaften zu können. Als der noch junge Knabe jedoch in ein Fass mit Buchstabensuppe fiel, gingen auf einmal merkwürdige Dinge vor sich und der Lauf des Lebens scheuchte seine Eltern von einer Ratlosigkeit zur anderen. So wie zu der Zeit, als er die ersten Romane gelesen und auswendig gelernt hatte. Da war er viereinhalb.

Wie schnell doch die Zeit verging, dachte Laber-Ra-Barbar und pfiff leise durch die Zähne, woraufhin sich ein Futterspäher-Weibchen auf seiner Schulter niederließ. Er lächelte und blickte auf. Durch das Mosaik der beginnenden Blüte fielen einige Sonnenstrahlen auf sein schmales Gesicht und ein paar ausgereifte Klecker-Kastanietten schlugen direkt neben ihm ein. Der Erzähler schreckte hoch.

„Jetzt wird es aber höchste Zeit", rief er der Echse zu, die neugierig den Kopf hob und aufgeregt mit den Schwanz auf den warmen Stein klopfte. Im nächsten Augenblick verschwand sie.

Laber-Ra-Barbar erhob sich trotz seiner schlaksigen Erscheinung schwerfällig. Wie lange hatte er wohl geträumt? Lange genug, dass jetzt Grund zur Eile bestand, wenngleich er sich nur ungern in Stress versetzen ließ. Dennoch sollte er nicht noch länger hier verweilen.

So viele Jahre waren vergangen, seit er im Streit den elterlichen Hof verlassen hatte, um sein Brot als Geschichtenerzähler auf einem Piratenschiff zu verdienen. Nun war die Zeit für ein Wiedersehen gekommen. Und sie fühlte sich richtig an. Oder zumindest gut. Na ja, zugegebenermaßen eher merkwürdig.

Trotzdem sollte ich mich beeilen, dachte er, warf sich seinen Beutel über die Schulter und ging los. Nach ein paar Metern bemerkte er das fehlende Gewicht, drehte sich um und hob lachend sein Bündel auf. Der Erzähler konnte verstehen, warum seine Eltern mehr Geschick bei ihrem einzigen Abkömmling begrüßt hätten. Er vergewisserte sich noch einmal, dass er das Mitbringsel bei sich hatte, und befühlte zufrieden die markanten Umrisse der Axt, die er für seine Mutter erstanden hatte, bevor er weiterlief.

ZWEI

LIEBE

In einem sorgsam sich selbst überlassenen Garten stiefelte eine junge Frau durch das sanfte Gras. Über ihrem Ohr taten ein paar Haarklammern ihr Bestes, die ungestüme Lockenpracht im Zaun zu halten. Ihr schmales, elegantes Gesicht erzählte von Selbstbewusstsein und Gelassenheit. Ihre lebhaften grünen Augen wurden von einer aus Draht gedrehten Brille umrahmt, die ihr Pragmatismus und diebische Schläue ins Gesicht malte. Mit dieser in Summe ausgesprochen zufriedenen Gelassenheit ließ es sich in dem Natursteinhaus am Rande eines großartigen Waldes hervorragend leben.

Gute Laune stand der jungen Frau ins Gesicht geschrieben, als ein paar Musizier-Meisen den Zauber des Moments mit furiosem Geträller ins Kitschige steigerten. Es roch nach tierischem Bergfrühling, blühenden Wildblumen und frischem Gras, das ihre nackten Zehen kitzelte, was der gesamten Szenerie eine jungfräuliche Reinheit verlieh.

Die junge Frau trug einen Wäschekorb unter dem Arm und machte an einer stramm gespannten Leine Halt. Wäsche aufhängen wäre ihr noch bis vor wenigen Jahren absurd vorgekommen. Das Abenteuer hatte sie im zarten Alter von zwölf Jahren gepackt, sodass sie nur mit dem Nötigsten in die Welt gezogen war. Sie hatte dunkle Wälder, schroffe Gebirgsregionen und weitläufige Flusslandschaften erkundet, bevor sie sich schließlich vom Strom der großen Stadt mitreißen ließ. Sie lernte über die Jahre Land und Leute kennen, ehe der Großstadtdschungel sie gesättigt ausgespuckt hatte.

Sie kehrte der Stadt den Rücken, reich an Lebenserfahrung, aber müde ob der hektischen Betriebsamkeit, der anhaltenden Unruhe und der einengenden menschlichen Nähe. Sie landete auf diesem Stück Land, wo sie sich in einem schnuckeligen alten Steinhaus niederließ. Sie richtete es her und stellte sich auf einen geruhsamen neuen Lebensabschnitt ein. Dass ihr in all den Jahren der Reiserei nichts widerfuhr, sie kein Opfer der Schattenseiten dieser wahnwitzigen Welt wurde, das war und blieb ihr ein Rätsel.

Und so begann die ausgesprochen praxistaugliche junge Frau damit, ihre Wäsche aufzuhängen. Sie atmete den tierischen Bergfrühling ein, vernahm ein leises, sich behutsam näherndes Ticken, schaute kurz irritiert auf und ahnte nicht, dass ihr der beste Moment ihres Lebens bevorstand. Sie war felsenfest davon überzeugt, nichts und niemand könnte sie noch überraschen, als das Ticken lauter wurde. Wie aus dem Nichts tauchte ein Niemand auf.

Raff-Ael als Niemand zu bezeichnen, wurde seinem im Grunde ehrbaren, aufrichtigen Charakter nicht gerecht. Und doch hielt das Schicksal einige rechte Haken bereit, die ihn ins Abseits des Niemandslandes drängten.

Das Erste, was ihm zur Last fiel, war, dass seine Eltern ihm keine übermäßige Liebe zuteilwerden ließen. Dass sie ihn gleichzeitig aber auch nicht hassten, verschlimmerte die Situation. Offener Hass wäre ihm lieber gewesen als die subtile, im Verborgenen schwelende Gleichgültigkeit, mit der er gestraft wurde. Sie taten ihr Bestes, um die Familie durchzubringen. Sie stritten sich kaum, liebten sich kaum. Raff-Ael begann, das Elternhaus zu meiden. Er zog sich zurück und formte seine eigene Wahrheit.

Vertraue niemandem außer dir selbst.

Vergib dein Herz nicht an herumziehende Mädchen.

Werde nicht wie die anderen.

Gerechtigkeit war ihm am wichtigsten. Es war ebenso Unrecht, Unschuldige zu schlagen, wie es rechtens schien, vermeintlich Schuldige auf die Bretter zu schicken. Er begann, sich das Nötigste zum Leben zu stehlen. Nur das Nötigste, kein Stück mehr. Dabei achtete er stets darauf, dass er es an Stellen entwendete, an denen es niemand vermissen würde. Oder von Menschen, die ohnehin zu viel hatten. Er versuchte, so wenig wie möglich aufzufallen. Vielleicht war das die einzige wirklich hilfreiche Anleitung, die er von zu Hause mitgenommen hatte: *Fall nicht auf.* Hinzu fügte er: *Fall niemandem zur Last. Komm mit dir selbst klar.*

Als junger Mann zog sich Raff-Ael in abgelegene Landstriche zurück und besuchte die Orte mit größeren Menschenansammlungen nur, wenn es notwendig war. Im Laufe der Jahre hatte er keine ernsthaften Freundschaften geschlossen und seine Bekanntschaften hielten nur so lange, wie sie ihm von Nutzen waren.

Es gab aber Plätze, die er gern und regelmäßig aufsuchte. Einer dieser Orte war die Gasse der vergessenen Dinge. Dort befand sich der Kuriositätenladen von Studiosus. Der knubbelige alte Kauz mochte Raff-Ael. Er ließ ihn in Ruhe stöbern, weil er wusste, dass er keine langen Finger bekäme. Es gab schlicht nichts Lebensnotwendiges zu stehlen.

Eine Sache hatte es Raff-Ael jedoch derart angetan, dass er sogar nach dem Preis gefragt hatte. Respekt hatte ihn davon abgehalten, sie dem Ladenbesitzer zu entwenden. Derselbe Respekt, der ihn stets vor schlimmeren Verbrechen als der perfektionierten Kleingaunerei ferngehalten hatte.

Eines Tages legte er den geforderten Preis auf die Ladentheke und erwarb diesen unscheinbaren Gegenstand. Das Geld hatte er einer reichen, Pelz tragenden und nach zu viel Parfum riechenden wohlhabenden Dame entwendet. Raff-Ael war Zeit seines Lebens auf der Suche nach dem wahren Sinn. Und so war es dieser eine besondere Gegenstand, dem sein Interesse galt. Gefertigt in höchster Konzentration und pedantischer Perfektion. Ein Instrument vergangener und kommender Ereignisse: eine Zeitmaschine. Hatte zumindest Studiosus sehr überzeugend behauptet.

In dem Moment, in dem es wieder einmal *Tick* gemacht hatte, verschwand Raff-Ael. Wie immer, wenn er versuchte, ihren Mechanismus zu verstehen und zu aktivieren. Dieses Mal verschwand er von dem warmen Felsvorsprung, auf dem er gesessen hatte, und stürzte rücklings in eine Wäscheleine. Ihn umgab frischer irischer Bergfrühling und er staunte nicht schlecht, als über ihm das verwirrte Gesicht einer exotischen Schönheit mit wirrem Lockenkopf auftauchte.

Sie schaute ihn an. Auf diese bestimmte Weise, die vor allem denen zu eigen ist, die in einem solchen Moment nicht so schauen wollen. Es war kein langes, verstohlenes Mustern. So kurz wie es war, konnte man es wohl eher als flüchtigen Blick bezeichnen.

Plötzlich ging alles sehr schnell. Ihre Gedanken rasten. *Konnte das möglich sein? Bei anderen vielleicht, aber bei ihr? Das Schicksal war ein Schlawiner, der einen unaufgefordert aufforderte, zu reagieren. Und möglicherweise hatte sich ihr Schicksal gerade geregt – mit dem sagenumwobenen ersten Blick.*

Es gab ein sicheres Indiz dafür, dass es sich tatsächlich um dieses so außergewöhnliche Gefühlsereignis handelte, das ihr eigenes Leben ihr bisher vorenthalten hatte. Zumindest vermutete sie das. Und stand nun mit all den spontanen Fragen da, die eigentlich keine Fragen mehr offen ließen:

Hat er es auch gemerkt?

Empfand er ebenso?

Findet er sie attraktiv?

Sitzt die Frisur?

Die Verwirrung ließ sie sprachlos zurück. Ihr Mund stand offen, da sie ihn vor lauter überraschender Verliebtheit nicht wirklich zu schließen vermochte.

Dieser Niemand hingegen, der vor ihr auf dem Boden lag, hatte schon mehr Erfahrung mit dem anderen Geschlecht gesammelt. Er wusste, das Schweigen zu brechen.

„Oh", sagte Raff-Ael in aller Ausführlichkeit, als er sich erhob und den Staub von seiner Kleidung klopfte. Auch sein Mund blieb offen stehen. Seine Gedanken gerieten in Aufruhr, irrten umher, verliefen sich.

Als sich ihre Blicke erneut trafen, schien die Zeit für einen Moment den Atem anzuhalten. Aus weiter Ferne konnte man nach wie vor ein leises Geräusch wahrnehmen. Wie das Ticken einer Uhr. Doch keiner von beiden schenkte ihm Beachtung. Es versickerte im Treibsand des Unterbewusstseins während die beiden alle Sinne aufeinander gerichtet hatten.

„Wie heißen Sie?", schloss er an seinen verwunderten Ausruf an.

„Folker", erwiderte sie, bevor sie ihre Fassung wiedergewann. Sein Mund stand noch immer offen und schloss sich erst, als sie hastig hinzufügte: „Felicitas."

„Folker Felicitas?"

„Felicitas Folker", korrigierte sie ihn sanft lächelnd. „Ich wurde aber immer Folker gerufen. War die Idee meines Vaters."

„Ah, fein." Er befeuchtete seine trockenen Lippen. „Sie ...Sie haben nicht vielleicht ..."

„Durst? Nein. Aber vielleicht möchten Sie etwas trinken", fiel sie ihm ins Wort.

„Wenn Sie so nett wären. So ein verdammter Sturz macht jedes Mal durstig."

Sie gingen über die Wiese zum Haus und betraten schließlich die Küche. Raff-Ael setzte sich auf einen der knarzenden Holzstühle und fühlte sich großartig. Hier konnte er es aushalten.

Die Einrichtung war schlicht und gemütlich. Ein alter gusseiserner Ofen hockte in der gegenüberliegenden Ecke, dunkle von Rauch geschwärzte Regale räkelten sich müde an den Wänden, Unmengen an Pflanzen und Kräutern, Zinn- und Blechgefäßen bedeckten Fensterbank, Tisch und Arbeitsflächen. Dazu die alten Holzstühle, ein jeder von anderer Machart, sowie ein gleichermaßen ausgedienter Tisch, der wie alles andere überaus dankbar war, hier einen würdigen und geruhsamen Altersruhesitz gefunden zu haben. Und dazwischen saß Raff-Ael, der sich dem Tisch am liebsten angeschlossen und diese Küche nie mehr verlassen hätte.

Geborgenheit und Herzenswärme waren hier zu Hause. So etwas hatte er selten erlebt. Genau genommen hatte er noch nie gespürt, wie dieses Gefühl an die Wände seiner Magengrube klopfte und durch die Adern seines Körpers floss.

„Das war nicht ihr erster Sturz?", riss sie ihn aus seinen Gedanken.

„Bitte? Oh, nein, nein. Das passiert ständig. Anfangs fand ich es noch aufregend, doch langsam wird es zur Plage", antwortete er, ohne wirklich zur Klärung der Situation beizutragen.

Folker stellte ihm eine Kanne Tee und eine Tasse hin und setzte sich auf einen Stuhl an der anderen Seite des Tisches. Nach einem langen gierigen Schluck setzte er die leere Kanne ab und wischte sich über die Mundwinkel.

Ihre Augen funkelten vor Neugierde. Je länger sie seinen Blick erwiderte, desto mehr verdichtete sich das Funkeln zu einem auffordernden Glühen. Früher hätte er so eine Situation schamlos auszunutzen gewusst. Zu schnell waren große Ereignisse in seinem Leben verstrichen. Zu oft riss ihn ein erneuter Sturz aus der trügerischen Ruhe des Moments und machte ihm somit einen Strich durch jeglichen Ansatz einer Lebensplanung. Doch diesmal waren ihm die Hände gebunden. Die Situation schien ihn schamlos auszunutzen.

Ihre Blicke zogen einander an – und aus. Sie stand auf und schritt auf ihn zu, während er auf dem Stuhl hin und her rutschte. Zitternd näherten sich ihre Lippen.

Ihr hübscher, trainierter und in gewissen zwischenmenschlichen Belangen verwaister Körper witterte seine Chance auf das, was ihm jahrelang verweigert wurde. Der Verstand rückte aufs Abstellgleis. Was sich anschließend in einem Strudel aus Leidenschaft, Hingabe und Akrobatik abspielte, setzte einen kleinen Strudel der Zerstörung frei. Schweiß rann über erhitzte Körper, während der Tisch unter ihnen zusammenbrach, Geschirr zerschellte, Schreie drangen durch die dicken Steinwände. Die Zeit stand erneut still, während ihre Herzen rasten.

Die Handlanger des Schicksals waren mit dem Ergebnis überaus zufrieden und wanden sich anderen Aufgaben zu.

Eine wenige Minuten dauernde Ewigkeit später war alles vorbei. Erschöpft sanken zwei ermattete Körper nebeneinander ins Gras, da sie irgendwann und irgendwie den Weg nach draußen gefunden hatten. Die Wolken zogen unermüdlich über sie hinweg und das Ticken aus der Ferne schwoll an.

In unendlicher Glückseligkeit lächelnd drehte sie sich zu ihm. „War es für dich auch so schnell wie für mich?"

Sein Blick wurde traurig. „Die Zeit", sagte er, während sich zum zweiten Mal an diesem Tag ein Schatten über die Szenerie legte, „ist eine schlechte Gefährtin. In einem Moment ist sie eine treue Stütze, im nächsten dreht sie dir einen Strick." Ein Schauer durchzog seinen Körper und machte auch vor ihr nicht Halt.

Verwirrt runzelte sie die Stirn.

„Verzeih mir", sagte er und erntete einen fragenden Blick. „Ich liebe dich", vernahm sie durch ein plötzlich anschwellendes Rauschen. Ein Sog schien am Untergrund zu zerren, rasende Zeitlupe. Sie blickte sich irritiert um, konnte den Flügelschlag eines Zitronenfalters beobachten, noch bevor er los geflogen war. Dann drehte sie den Kopf zur Seite und erblickte die leere Stelle neben sich, wo eben noch die erste und einzige Liebe ihres Lebens gelegen hatte.

TOD

Laber-Ra-Barbar schaute gedankenverloren zum Horizont. Dabei hatte er seine Gedanken keineswegs verloren. Geschichtenerzähler verlieren keine Gedanken, das wäre schlecht fürs Geschäft. Häufiger passierte es ihm, sich in ihnen zu verlieren. Das wiederum war für Geschichtenerzähler etwas Alltägliches. In diesem Moment wäre er jedoch froh gewesen, wenn er einige seiner Gedanken tatsächlich verloren hätte. Sie bedrängten ihn heute mehr als üblich.

Was erwartete ihn? Seine Mutter würde sich trotz der Streitereien um seinen blühenden Intellekt und den damit verbundenen Fortgang sicher über die Rückkehr ihres einzigen geliebten und geschätzten Kindes freuen. Sein Vater hingegen würde das wohl ignorieren und sich sicher über die Abreise im Streit und die dreiste Rückkehr aufregen.

Wie lange war er fort gewesen? Laber-Ra-Barbar war schlecht im Schätzen. Doch wenn er so an die Erlebnisse zurückdachte, die seinen Weg bisher säumten, so musste es verdammt lange gewesen sein. Er war noch recht jung gewesen, als er begleitet von den besorgten Ratschlägen seiner Mutter und dem sorgsam formulierten Schlagabtausch mit seinem Vater das elterliche Nest verlassen hatte.

„Pass gut auf dich auf, wenn du da rausgehst, mein Junge!", hatte sie gesagt

„Aber natürlich, Mama."

„Soso, raus willst du? Und dann? Soll da alles besser werden?", hatte sein Vater gebrummt.

„Nicht besser, Vater, anders."

„Und wasch dich regelmäßig!" Sie tat, als würde von dem Streit nichts mitbekommen.

„Auch zwischen den Zehen, versprochen."

Sein Vater ließ sich nicht beirren. „Aha, anders. Klingt ja wirklich vielversprechend. Suchst wohl das Abenteuer, was? Abenteuerlich finde ich, dass du deinen familiären Pflichten aus dem Weg gehst."

„Vater, euer Leben ist nicht meines. Ich möchte meine Zeit nutzen, um Neues zu entdecken und zu lernen."

„Und lass dich nicht auf krumme Geschäfte ein, hörst du?", flötete seine Mutter erneut dazwischen.

„Ich passe schon auf. Sorge dich nicht." Laber-Ra-Barbar warf die Hände Hände verzweifelt in die Höhe

„Nicht sorgen? Graue Haare wird sie deinetwegen bekommen. Ich gebe dir maximal ein paar Tage, dann bist du in Schwierigkeiten und wünschst dir, nie fortgegangen zu sein. Aber komm dann bloß nicht auf die Idee, hier wieder aufzutauchen! Du wirst dich noch wundern, wie viele Dinge nicht heiß darauf sind, entdeckt zu werden – aus gutem Grund."

„Woher willst du das denn wissen, Vater? Was weißt du denn schon vom Leben außerhalb deines Hofes?" Heute bereute der Erzähler seinen juvenilen respektlosen Auftritt.

„Und denk daran, Eier immer auf Frische zu prüfen! Du weißt ja, schwimmen sie im kalten Wasser an der Oberfläche …"

„… sind sie zu alt – ich weiß, Mama. Dann kommen die Salmonellen und bringen einen langen, qualvollen und stinkenden Tod." Der Junge wurde unruhig, das Gespräch unangenehm.

Sein Vater plusterte sich auf. „Na hör mal, was erlaubst du dir, so mit mir … Hat er das von dir?", fragte er seine Frau, bevor er sich wieder Laber-Ra-Barbar zuwandte. „Nun hör mal gut zu, Junge: Ich bin alt genug und weiß so allerhand über Gaunereien, Liebe … äh Not … und Schweißfüße. Vor allem über Schweißfüße."

„Dann lass mich doch meine eigenen Erfahrungen machen, Vater."

„Und trag immer eine saubere Unterhose!"

„Mama! Ich habe doch nur die eine. Aber gut, ich werde sie waschen, versprochen."

„Dürfen? Klar, du darfst machen, was gut für dich ist. Und vor allem, was ich sage. Solange deine Füße unter…"

Laber-Ra-Barbar unterbrach ihn. „Wir sind schon ein ganzes Stück von deinem Tisch entfernt. Wenn du also gestattest, entscheide ich ab hier selbst über mein Leben."

„Und geh zeitig schlafen!"

„Mama, ich hab schon so wenig Zeit …"

Sein Vater blieb abrupt stehen und hielt auch seine Frau liebevoll aber bestimmt an der Schulter zurück. „Lass uns zu unserem Hof zurückkehren, unser Junge hat seine Entscheidung getroffen. Tschüss, Junge."

„Vater."

„Mein Sohn." An dieser Stelle hatte seine Mutter bitterlich zu weinen begonnen. „Wir lieben dich, vergiss das nie. Auch wenn dein Vater das etwas sperrig formuliert hat."

„Ich hab euch auch lieb."

Ob sein Vater noch immer sauer auf ihn war? Vielleicht hatte die Zeit seinen Ärger gemindert. Und selbst wenn, es war an der Zeit, die beiden wieder in die Arme zu schließen. Er freute sich darauf. Und er war stolz. Stolz darauf, nie etwas Unrechtes getan, alle Schwierigkeiten gemeistert, die Eier stets im Wasserbad getestet und die Füße am Tagesende regelmäßig entschweißt zu haben. Ebenso stolz wog er sein Mitbringsel in der Hand, das sicher eine Brücke über den breiten Strom verlorener gemeinsamer Zeit schlagen könnte.

Zeit verging schnell, das hatte er gelernt. Egal ob beim Reden, Reisen oder Radieschen pflücken, beim Erleben oder Entdecken und erst recht beim Einkaufen.

Wenn er abends jedoch begann, einem kleinen Kreis gespannter Zuhörer im flackernden Schein unruhiger Petroleumlampen seine Geschichten von Helden und Heimweh zu erzählen, dann malten dunkle, tanzende Schatten lange Silhouetten von Trollen, Schätzen, Königinnen und Königen an die Wand. Dann war er in der Lage, der so unerbittlich voran schreitenden Zeit für einen Moment lang die Stirn zu bieten.

„Wie schnell doch die Zeit vergeht", wiederholte Laber-Ra-Barbar seufzend, als er mit klopfendem Herzen durch das verfallene Gartentürchen schritt, das die Heimat von der Erfahrung trennte.

Der einst sauber gestutzte Rasen lag bemoost, mit Laub und Wildwuchs bedeckt vor ihm. Er war der Meinung, der Garten habe noch nie besser ausgesehen, wenngleich dieser Zustand nicht zur Ordnungsliebe seiner Mutter passen mochte. Die Bäume hatten im Laufe der Jahre an Imposanz gewonnen, der Weg zur einst grün-blau karierten Haustür barg nun einige Tücken. Der Erzähler bog die Büsche zur Seite, die sich ihm frech in den Weg stellten, und versuchte, die Baumwurzeln zu übergehen, ohne an ihnen hängen zu bleiben. Lautlose Unruhe lag über seiner Ankunft, was seinen Herzschlag nicht beruhigte.

„Vater?"

Keine Antwort.

Am Himmel kreisten Pleitegeier, die sich in dieser Gegend besonders wohlfühlten, weil es nichts zu holen gab. Das war ein gefundenes Fressen für diese ungeliebten Wächter ländlicher Abgeschiedenheit. Erstaunlich nur, dass sie keinen Laut von sich gaben. So viel Respekt zollten sie normalerweise niemandem. Ebenso die im Wind wogenden Wipfel der Bäume entbehrten jeglichen Rauschens. Im Lavendel schwirrten Bienen mit lautlosen Flügelschlägen.

Es kam ihm vor, als hätte die Atmosphäre Surrealismus und Verwirrung zum Kaffeekränzchen geladen. *Ein Kaffee wäre jetzt auch nicht schlecht,* lenkte Laber-Ra-Barbar sich gedanklich ab, als er am Türknauf drehte und prüfte, ob die Tür verschlossen war. Der Knauf fiel zu Boden und die Tür öffnete sich knarzend einen Spalt weit. Beunruhigt betrat er das einst liebevoll eingerichtete Farmhaus, das zu seinem Entsetzen vom Zahn der Zeit zugrunde gerichtet worden war. Die Möbel waren verstaubt, einige Regale aus ihrer Halterung gefallen. Die dreckigen Fenster ließen nur wenig Licht ins Innere, eine Scheibe war gesprungen. Spinnweben säumten seinen Weg. Hier stimmte etwas nicht. Ein Gefühl der Vorsicht breitete sich in ihm aus. Gleichzeitig legte Sorge ihre kalten Finger um sein Herz.

„Mama?"

Laber-Ra-Barbar schritt bedächtig und achtsam durch die Räume. Trotz der ungewohnten Unordnung in Küche und Wohnstube fühlte sich der Erzähler wohl. Seine Kinderstube zeigte hingegen das gleiche Chaos, in dem er sie verlassen hatte. Als er im Wohnzimmer zum verrußten Kamin sah, musste er lächeln. Über dem Sims hingen Porträts seiner Eltern, auf denen sie ihr endgültiges Alter erreicht hatten, wie er es immer genannt hatte. Ab einem bestimmten Zeitpunkt, so dachte er, schienen Menschen ihr Äußeres nur noch zu ändern, wenn es ihr Alter unbedingt erforderlich machte. Ansonsten sahen sie bis ins hohe Alter immer gleich aus. Seine Mutter hatte für ihn immer wie Anfang sechzig ausgesehen.

Laber-Ra-Barbar trat an die Wand heran und musterte einen dunklen rechteckigen Fleck. *Warum fehlt eines der Bilder?* fragte er sich beiläufig und ging weiter.

„Mama?"

Der Erzähler schritt durch den schmalen Flur und erreichte das Schlafzimmer, in dem er nicht gezeugt worden war. Eine weitere Anekdote aus scheinbar besseren Tagen durchströmte ihn. Seine Eltern hatte es in jener Frühlingsnacht vor etwa 32 Jahren während der Kressezucht bei Vollmond erwischt. Gierig waren sie übereinander hergefallen. Die Ernte fiel anschließend nicht sonderlich gut aus, zumindest nicht, was die Kresse anging.

Vorsichtig warf er einen Blick in das abgedunkelte Zimmer. Angst und Unbehagen verbündeten sich in seiner Magengrube zu einem kleinen Krampf.

„Mama!" Freudestrahlend betrat er den Raum und rümpfte sogleich die Nase. „Aber, Mama, du weißt doch: Schlafen bei offenem Fenster ist viel gesünder. Du brauchst Sauerstoff!"

Er trat ans Fenster, riss den staubigen Vorhang zur Seite, entriegelte es, und stieß anschließend die Fensterläden auf. Und während er noch überlegte, was ein Fenster eigentlich mit einem Laden zu tun hatte, wandte er sich im Zuge des einströmenden Sauerstoffs seiner Mutter zu und zuckte zusammen.

„Mama? Bist du das?" Im Bett lag der Rest einer Frau. Leere milchig glasige Augen suchten ihn. Dünn und faltig war sie geworden, ihr Haar nahezu weiß, ihre Finger lang und knochig. Sie hatte nichts mit der wohl beleibten, burschikosen und herzensguten Mutter-Ra-Barbar gemein. Sie war irgendwie so …wahnsinnig alt.

„Alt bin ich geworden, aber ich bin es", sagte sie mit leiser, erstaunlich fester Stimme.

Laber-Ra-Barbar schossen Tränen in die Augen.

„Komm, setz dich zu mir."

„Hier, ich hab dir etwas mitgebracht", sagte der Erzähler und holte lächelnd die Axt hervor, deren scharfe Klinge im fahlen Sonnenlicht aufblitzte. „Ich weiß doch, wie gern du den Haushalt machst."

Die alte Frau lächelte. „Das ist mein Junge." Sie musste kurz husten. „Es ist so schön, dass du noch einmal vorbeigekommen bist. All die Jahre wusste ich, dass sich das Warten lohnen würde. Du kommst genau zur richtigen Zeit."

„Wie meinst du das, Mama?" Er schaute seine Mutter fragend an und nahm ihre lauwarme Hand, die seine fest umschloss. „Und wo ist Vater?"

„Draußen im Garten."

„Aber ich habe ihn nicht gesehen. Auf mein Rufen hat er auch nicht reagiert."

„Er ruht sich unter der alten Eiche aus", klärte sie ihn sanft auf.

„Was? Ich hätte ihn sehen müssen. Da lag nur ein Wust aus Unkraut, Büschen und Blättern."

„Er ruht schon seit sehr langer Zeit, mein Junge."

Stille gesellte sich zu ihm ans Bett und ließ ihn zusammenzucken.

„Du meinst…?"

„Ja. Es ist schon eine ganze Weile her, bei der Gartenarbeit, es war ein glücklicher Moment für ihn, als sein Herz ihn verließ. Er hatte gerade noch die letzten Kressesamen ausgesetzt." Laber-Ra-Barbars Gedanken begannen zu rasen. Er wollte ihn in die Arme schließen. Um Vergebung bitten. Er suchte eine Aussprache. Wärme. Heimat...

„War er noch ...?"

„Er hat dir längst verziehen. Du musst wissen, dass er in dir das gesehen hat, was er sich in seiner Jugend vorgenommen, aber nie unternommen hat. Dein Fortgang hat ihm das allzu deutlich vor Augen geführt." Sie streichelte seine Hand.

„Ehrlich?" Laber-Ra-Barbar seufzte. „Es wäre schön gewesen, das persönlich mit ihm zu besprechen."

„Ich weiß, aber gräm dich nicht", erwiderte sie leise.

Als sie sich räusperte, schien ein Beben in ihrem Brustkorb loszubrechen, das Laber-Ra-Barbar erschütterte. Sie schloss ihre Augen und überließ für einen Moment der Stille das Feld. Der Erzähler senkte den Kopf.

„Aber nun sag", riss ihn seine Mutter aus der Trauer, „was hast du mit deiner Zeit angefangen? Hast du sie genutzt?"

Damit stürzte sie ihn in eine Gewissenskrise. *Zahllose fremde Länder entdeckt* wäre sicher eine adäquate Antwort. Oder *Neue wissenschaftliche Theorien aufgestellt und Gesetzmäßigkeiten der Natur erforscht.* *Fremde Kulturen kennengelernt und zur Kressezucht bei Vollmond missioniert* hätte sie ganz sicher zum Lachen gebracht. Auch *Außerirdisches Leben entdeckt und zu Versuchszwecken in Labore gesperrt* wäre spannend gewesen, wenn auch etwas fragwürdig. Woran nur sollte man als normal Sterblicher festmachen, ob man seine Zeit gut genutzt hatte? Gab es für so etwas ein Handbuch oder einen Ratgeber?

„Ich habe Geschichten erzählt", gab er schließlich kleinlaut zu.

Ihm antworteten geschlossene Augen und Stille. Beides schien ihn zermürben zu wollen.

„Auf einem Piratenschiff", fügte er hinzu. „Dort konnte ich sie gegen Kost und Logis tauschen." War das ein Stirnrunzeln? Er rieb sich die Schläfen, während sein Gewissen in der Magengegend eine Polonaise tanzte. Eine Bolognese wäre ihm lieber gewesen, vermutlich hätte sie das fahle Gefühl vergeudeter Jugend aber auch nicht vertreiben können.

„Das ist recht, mein Junge", sagte sie schließlich.

Er riss erstaunt die Augen auf.

„Du hast Gutes an den Menschen getan, ihnen Dinge fernab ihres Alltages gezeigt. Du hast sie weiter gebracht, als jedes Schiff es vermag. Das erfüllt mich mit Stolz."

Laber-Ra-Barbar strich ihr liebevoll aber erfolglos eine graue Strähne aus dem Gesicht. Ihr Haar war genauso widerspenstig, wie sie es immer gewesen war.

„Komm, Mutter, ich koche uns einen Tee. In der Zeit kannst du dir etwas anziehen."

„Immer noch so unbekümmert, Laber-Ra-Barbar? Du bist zu beneiden." Sie lächelte.

„Was meinst du?"

„Das Ende ist da. Er ist gekommen, hat mich letztlich doch gefunden und eingeholt. Er ist erbarmungslos, mein Junge."

„Wer ist erbarmungslos?" Laber-Ra-Barbar runzelte die Stirn, während seine Mutter fortfuhr.

„Und dabei ist er nicht wählerisch. Zielstrebig sucht er seine Schuldner auf und bringt den Tod. Da ist er leider ziemlich verlässlich." Sie atmete schwer und sehr, sehr langsam.

„Aber, Mama …"

„Erzähle weiter Geschichten, mein Junge. Du gibst den Leuten damit ein Stück Zeit zurück und dafür wird man dich lieben. So wie ich es tue." Ein erneutes Beben erschütterte ihren Brustkorb.

„Mama!" Seine Stimme zitterte.

„Pass auf dich auf …" Sie wurde immer leiser.

„Ja, Mama, und ich lass mich nicht auf krumme Dinge ein, teste Eier immer auf ihre Frische, und ich hab sogar meine Unterhose gewaschen, schau!"

Sie lächelte ein faszinierend friedliches Lächeln und der Brustkorb senkte sich. Die Stille wurde mit jeder Sekunde drückender. Gleich würde sie die Augen wieder öffnen und die Stille brechen. Ganz sicher …

Eine ganze Weile später wischte sich Laber-Ra-Barbar die Tränen aus dem Gesicht und stand auf. Im Umdrehen entdeckte er einen Zettel auf dem Nachttisch.

Er ist gekommen.
Er holt mich.
Fordert Tribut.
Das wird mein Ende sein.
Der Feingliedrige...

An dieser Stelle endete die zittrige Handschrift.

„Der Feingliedrige", murmelte der Erzähler grimmig und steckte den einzigen Hinweis auf ein Verbrechen behutsam in die Tasche.

Sonne und Mond hatten sich abgelöst, als der Geschichtenerzähler erschöpft zu Boden sank. Er wischte sich den Schweiß von der Stirn – und von den Füßen. Körperliche Arbeit war nicht sein Ding. Er tat aber, was nötig war, wenn ihn jemand um einen Gefallen bat oder es nicht anders ging.

Beides war gewissermaßen eingetreten, als er den Platz unter der ausladenden Trauerweide als würdige Ruhestätte für seine Mutter erachtet und ihr die letzte Ehre erwiesen hatte. Nun sollte sich die Natur den Rest des Hofes einverleiben.

Laber-Ra-Barbar schulterte sein Bündel, nahm die Axt und trat unter dem dichten Blätterdach durch das Gartentürchen in die Sonne des beginnenden Tages.

Wer auch immer du bist – ich finde dich! Er ballte die Faust in Gedanken an den Mörder seiner Mutter. Eine karierte Echse nickte zustimmend und huschte eilig voraus, als würde sie den Weg kennen. Den Weg ins Ungewisse. Der Erzähler sah ihr einen Moment lang nach, bevor er der Heimat den Rücken kehrte und ihr folgte.

VIER

BEGEGNUNG

„Schönes Wetter, was?"

Eigentlich mochte Laber-Ra-Barbar diesen Austausch nichtssagender Floskeln nicht besonders, dennoch ließ er sich darauf ein. Vielleicht kam man so ins Gespräch.

„Das sehe ich auch", kam es kurz angebunden zurück.

Der Erzähler schwieg einen Moment. Die Antwort klang nicht gerade gesprächsfreudig. „Was meinst du, wie weit ist es noch?", fragte er.

„Keine Ahnung."

Ach was soll's, dachte der Erzähler. Er schien nicht zum Plaudern aufgelegt zu sein und so stellte Laber-Ra-Barbar das Selbstgespräch ein. Seine Leidenschaft für das Geschichtenerzählen hatte ihn im Laufe seines Lebens in traumhafte Welten, durch gefährliche Abenteuer und zu skurrilen Figuren entführt. Er war ein guter Alleinunterhalter. Eine Unterhaltung mit sich selbst war hingegen nicht seine Stärke. Ohnehin gab es Wichtigeres zu tun: Er würde den Mörder seiner Mutter richten. Auch, wenn ihm sein Verstand nahelegte, dass das möglicherweise keine gute Idee sei.

Sein Ziel fest vor Augen stolperte er weiter, um den Feingliedrigen zu finden, wo auch immer der sich verbergen mochte. Der Tag war großartig, die Sonne seit seinem Aufbruch vom Hof sein stetiger Begleiter. Der vogelartige Gesang scheuer Vogelbären klang dumpf aus den Wäldern. Er hatte genug zu essen eingepackt – alles in allem war er zufrieden. Einzig Gesellschaft fehlte ihm. Laber-Ra-Barbar war gerne allein, jedoch kein Mensch, der deshalb auch die Einsamkeit vorzog.

„Jemanden zum Reden wäre nicht übel", hörte er sich sagen. „Eine Begleitung, wenigstens für kurze Zeit …"

Stille. Ein Gespräch wollte nicht zustande kommen. Müde ließ er sich in den Schatten eines kräftigen Feiglings fallen. Der Geschichtenerzähler mochte diese urwüchsigen Riesen sehr. Anders als er zogen sie die Einsamkeit vor und waren somit nur selten und vereinzelt auf karg bewachsenen Landflächen anzutreffen. Der Volksmund sagte diesen ehrwürdigen Bäumen nach, sie seien zu feige, sich unter andere Gewächse zu mischen. Laber-Ra-Barbar hielt sie schlicht für schlau genug, sich nicht auf unnötige Diskussionen über Grund und Boden einzulassen.

Er legte den Kopf auf dem weichen Moos ab, schloss die Augen, gähnte herzhaft und bekam unerwartet eine herabfallende Frucht zwischen die Kiefer. Die Feige schmeckte süß und frisch und ließ ihn für eine Weile seine müden Knochen vergessen.

Er konnte nicht sagen, wie lange er geschlafen hatte, als das Leben in seinen Körper zurückkehrte. Der Erzähler reckte sich genüsslich, öffnete die Augen und blinzelte in die Nachmittagssonne. Er setzte sich auf und atmete tief durch.

„Wie lange habe ich wohl geschlafen?", murmelte er.

„Keine Ahnung", kam es unvermittelt zurück.

Erschrocken fuhr er hoch. Zwei neugierige blaue Augen blickten ihn aus einem auffallend gleichmäßigen Gesicht an. Das Lächeln der strahlend weißen Zähne blendete ihn beinahe. Die Frau mittleren Alters war einen Kopf kleiner als er, hatte die langen Haare lose hochgesteckt und anmutige weibliche Rundungen. Sie war ein durchaus bemerkenswerter Anblick, den er gleich abspeicherte. Aus ihren Händen und ihrem Gesicht sprachen Erfahrung. Gute Erfahrungen, die ihr einen jugendlichen Charme verliehen.

Laber-Ra-Barbar, der sich bisher nichts aus Frauen gemacht hatte, beschloss, das schleunigst zu ändern.

„Hallo", stammelte er unbeholfen, während Geist und Körper noch mit Aufwachen beschäftigt waren. Etwas schwerfällig erhob er sich. „Ich bin Laber-Ra-Barbar."

„Hallo." Sie grinste ihn verschmitzt an.

„Hi, ich bin Laber-Ra-Barbar." Hatte er sich gerade tatsächlich noch einmal vorgestellt? Hoffentlich wachte sein Kopf bald auf.

„Ich bin Folker", erwiderte sie mit robuster Stimme.

„Schöner Name", gab der Erzähler zurück.

„Felicitas Folker, um genau zu sein."

„Auch schön. Laber-Ra-Barbar. Einfach nur Laber-Ra-Barbar."

„Fein." Sie lächelte noch immer. Und er schwärmte.

Immerhin eine Unterhaltung, dachte er. Keine flüssige, aber eine Unterhaltung, die ihm half, die lästigen Wandergefährten Langeweile und Müdigkeit loszuwerden.

„Welchem Umstand verdanke ich die Ehre Ihrer Gesellschaft?", fragte er, nachdem er Moosreste von seiner Kleidung geklopft und sich gesammelt hatte.

„Eher anderen Umständen", erwiderte sie mit bedeutungsschwangerem Blick.

Laber-Ra-Barbar blickte auf ihren ebenso schwangeren Bauch und lächelte. „Da ist ja großartig! Das bedeutet Freude, Zuneigung, Dankbarkeit. Herzlichen Glückwunsch! Was wird es denn?"

„Wohl eher Lärm, Stress und Sachbeschädigung. Ein Kind eben", entgegnete sie trocken und lächelte frech. „Kommen Sie, gehen wir ein Stück gemeinsam, ich kann etwas Gesellschaft gebrauchen."

Nachdem sie eine Weile gegangen waren, nahm der Erzähler das Gespräch wieder auf. „Darf ich Sie etwas fragen?"

„Das tun Sie bereits."

„Bitte?"

„Sie haben gerade schon etwas gefragt." Sie lachte und winkte ab. „Na los, fragen sie."

„Da Sie alleine unterwegs sind, darf ich fragen, wer der Vater ist?" Laber-Ra-Barbar konnte beobachten, wie sich ihr Blick senkte und sie einen Moment zu entschwinden schien. Ihre Hände strichen sanft über den runden Bauch.

„Ein Mann", flüsterte sie geistesabwesend.

Laber-Ra-Barbar verkniff sich eine dämliche Bemerkung, dass er das vermutet hatte, und wartete darauf, sie möge noch mehr preisgeben, etwas weniger Naheliegendes vielleicht.

„Der einzige Mann, den ich bisher liebte. Der Vater meines Kindes. Der Mann meiner Träume." Es folgte eine weitere Pause, die ein Schwarm Zuckvögel auf ihrem Weg zu den südliche Zuckerplantagen nutzte, um einen romantischen Choral zu flöten.

„Klingt kitschig", fuhr sie schließlich fort, „und doch ist es so. Ich wundere mich manchmal, was das Schicksal für mich bereithält."

„Wie heißt er?", erkundigt sich Laber-Ra-Barbar.

„Weiß ich nicht."

„Wo ist er?"

Sie zuckte mit den Schultern.

„Wie war er?"

„Einfach da. Unvermittelt, ungefragt – und unwiderstehlich. Und ebenso unverhofft ist er verschwunden", antwortete Folker mit leiser Stimme.

„Hört sich offen gestanden etwas unbefriedigend an", kommentierte der Erzähler. „Ich meine, welche Sorte Bier trinkt er? Ist er lustig? Bringt er Sie zum Lachen?"

Sie lächelte. „Oh, unbefriedigend war es nun wirklich nicht." Sie stöhnte kurz auf, stemmte die Hände in die Hüften und atmete tief durch.

„Würden Sie mir die Freude machen, mich weiter zu begleiten? Wir müssen uns allerdings ranhalten. Ich möchte gerne morgen in der Vierziggeteilten Stadt eintreffen, wir sollten also auch in der Nacht marschieren. Ich fürchte, es bleibt mir nicht mehr viel Zeit", sagte sie und strich erwartungsvoll über ihren gewölbten Bauch.

Er versuchte, ihrem schnellen Schritt zu folgen, und fragte sich, ob diese Stadt überhaupt auf seinem Weg lag. Doch alleine lassen wollte er Folker nun wirklich nicht. Nicht nachts. Nicht in ihrem Zustand. Und erst recht nicht mit dieser Schönheit. Er fühlte sich auf ihm unbekannte Weise zu dieser Frau hingezogen, weshalb es ihm zunehmend leicht fiel, Schritt zu halten. Und so setzten sie ihren Marsch mit diversen Pausen im fahlen Licht des Mondes fort.

Als die Sonne mit ihrem allmorgendlichen Aufstieg begann, konnten sie bereits die ersten Zeichen der Stadt erkennen: Häuser füllten das Tal, Rauchsäulen zeichneten die erwachende Hektik in den Himmel. Und während die ersten

Fuhrwerke die Stadttore passierten, legte sich ein Schleier aus Geräuschen, Gerüchen und Gefahren in die Luft.

„Fein, wir sind fast am Ziel. Ich muss auf direktem Weg zu einem Arzt. Wo führt Ihr Weg eigentlich hin?", fragte Folker froh gestimmt.

„Äh, momentan zur Vierziggeteilten Stadt. Vielleicht starte ich hier einfach meine Suche, denn eigentlich möchte ich zu einem Feingliedrigen."

„Was auch immer das ist", sprachen sie gleichzeitig und lachten.

Sie schauten einander an und Laber-Ra-Barbar zuckte verlegen mit den Achseln. Die Zeit mit dieser interessanten Frau war rasch vergangen, gerne hätte er sie noch länger begleitet.

„Lassen Sie uns noch gemeinsam frühstücken, bevor wir weitergehen. Sie können sicher eine Stärkung vertragen. Sie beide", sagte er in der Hoffnung, das Beisammensein so noch etwas ausdehnen zu können.

Sie lächelte. „Na, Sie machen mir Spaß. Ich bin lange überfällig und folglich sehr in Eile. Aber Sie haben recht, ich … wir sind ziemlich hungrig."

„Überfällig? Das war meine Mutter auch, und aus mir ist auch etwas geworden", erwiderte er erfreut.

Sie setzten sich auf ein mit Gänseblümchen gesprenkeltes Stück Wiese am Wegesrand und genossen die ersten Sonnenstrahlen, während Laber-Ra-Barbar seine letzten Reste an Käse, Schinken und Brot auspackte, die er bei sich trug.

„Und was genau ist aus Ihnen geworden?", fragte Folker neugierig und biss forsch vom Brot ab.

„Ein Geschichtenerzähler."

„Klingt, als hätten Sie viel Zeit?"

„Ich nehme sie mir."

Sie kaute kurz, bevor wie weiterfragte: „Und, was erzählen Sie so?"

„Nun ja, was mir eben so einfällt. Dinge, die mich beschäftigen."

„Und wie erzählen Sie so?"

„Ich würde sagen von Herzen." Laber-Ra-Barbar biss nun auch in sein Brot.

„Und wem erzählen Sie das?"

„All denen, die für einen Moment die Zeit vergessen wollen."

„Klingt gut", quetschte sie mit Mühe zwischen Brot und Käse hervor.

„Sie kauen zu wenig", bemerkte Laber-Ra-Barbar.

„Bitte?"

„Sie müssen mehr kauen. Zwanzig bis dreißig Mal ist gesund. Sonst muss der Magen-Darm-Trakt das Zerkleinern übernehmen und das ist ein ganz schöner Akt, kann ich Ihnen sagen. Ein Magen-Darm-Akt sozusagen."

Folker lächelte. „Sie haben schlicht die Ruhe weg", sagte sie.

„Ich habe sie bei mir", korrigierte der Erzähler.

„Und ein Klugscheißer sind Sie auch", ergänzte sie.

Laber-Ra-Barbar grinste, er bekam selten Komplimente. „Ich denke nur, die Ruhe ist dem Stress zweifellos vorzuziehen. Doch etwas lässt mich vermuten, dass es damit bald ein Ende hat …", holte er aus.

„Uh!" Folker ließ das Brot fallen und presste ihre Hände auf den Bauch. „Es geht los", stieß sie kaum hörbar hervor.

„Vielleicht kennen Sie das ja, man wandelt durch das Leben und alles ist prima. Mit einem Mal fühlt man, dass es so nicht weitergehen kann, dass wie aus heiterem Himmel etwas geschehen wird – ja, etwas geschehen muss! –, das einen aus der Ruhe bringt. Wie bei Tilbitter, dem traurigen Trüffel-Triberianer. Der hat auch ein müßiges Leben geführt …"

Folkers Blick wurde starr, sie atmete hektisch und stöhnte auf, als die Schmerzen langsam zunahmen.

„Essen, Lagerfeuer bewachen, schlafen, mehr hatte er da eigentlich nicht zu tun. Und wäre es nach ihm gegangen, hätte sich daran auch nichts geändert. Es ging aber nicht nach ihm und so übernahm das Schicksal den Lauf der Dinge." Der Erzähler stoppte nur kurz seinen Redefluss, um einen Schluck Wasser zu trinken.

„Eines Abends tauchte dieser mysteriöse Wanderer auf und fragte ihn, ob er schon einmal aus einem Apfel die Zukunft gelesen hätte. Das brachte den ahnungslosen Tilbitter völlig aus seinen gewohnten Gedankengängen. Er irrte in den skurrilsten Überlegungen umher, seine Wahrnehmung der Realität veränderte sich zusehends ...", laberte der Erzähler unbeirrt weiter.

Sie langte zu ihm herüber, bekam ihn am Ärmel seines Hemds zu fassen und krallte sich daran fest. „Mann!", stieß sie hervor. „Es geht los, wir müssen aufbrechen!"

„Oh, äh, ja, na dann, ich kann das ja auch ein andermal zu Ende führen." Sie stützte sich auf seiner Schulter ab, wuchtete sich hoch und rollte mit den Augen, während sich der Krampf zu lösen schien. Sie stemmte die Arme in die Seiten, atmete tief durch. Da sich Laber-Ra-Barbar noch nicht regte, stieß sie ihn in die Rippen. „Los jetzt!"

„Ja, äh, Sie haben Recht, wir sollten uns wohl langsam wieder auf den Weg machen, was?"

„Langsam?! Sie haben echt Nerven." Sie wusste nicht, ob sie lachen oder weinen sollte. Am besten ging sie einfach los ...

Laber-Ra-Barbar packte schnell die Sachen zusammen, erhob erst die Axt, danach sich selbst aus dem Gras, klopfte seine Kleidung sauber und sprang hinter ihr her. *Tolle Frau,* dachte er, *so entschlossen, das gefällt mir.* Er folgte ihr fröhlich trällernd, dankbar, dass noch ein Rest seiner Verpflegung übrig geblieben war.

Gemeinsam gingen sie bis zu den Toren der Stadt, wo sie sich von ihm verabschiedete. Sie wurde das Gefühl nicht los, dass sie ohne seine Gesellschaft besser zurechtkäme. Dabei betrachtete Folker den groß gewachsenen, jungen Mann mit der wirren Frisur und dem schmalen, feinen Gesicht das erste Mal etwas genauer.

Eigentlich ganz akzeptabel, dachte sie.

„Danke dir", sagte sie zu ihm. „Ab jetzt komm ich auch gut alleine klar. Vermutlich sogar besser." Folker schloss den verwirrten Schwätzer in die Arme und in ihr Herz. Nun kam ihr das Du passender vor. „Sieh zu, dass du den Feingliedrigen findest. Sicher wird dir einer der aufbrechenden Fuhr-unternehmer weiterhelfen können. Und wer weiß, vielleicht will es das Schicksal, dass wir uns noch einmal begegnen. Und hoffentlich habe ich dann mehr Zeit, um mir deine Geschichten anzuhören."

„Gerne, gerne!", rief er ihr hinterher, als sie von den wogenden Massen geschäftigen Großstadttreibens verschluckt wurde. „Dann erzähle ich Ihnen – äh dir –, wie Tilbitter den mysteriösen Fremden entlarvt und somit keinem geringeren als der Erde einen Gefallen tut!"

Er blickte noch eine Weile auf die Stelle, an der sie im Getümmel verschwunden war.

„Eine gute Idee", murmelte er. „Ich werde mich mitnehmen lassen." Laber-Ra-Barbar war keineswegs pragmatisch, dafür redselig und erfinderisch genug, um schnell und ohne Bezahlung einer Mitfahrgelegenheit habhaft zu werden. Vielleicht würde er einmal eine Mitfahrzentrale erfinden, doch zunächst galt es, diesen Feingliedrigen zu finden.

„Und diese Geschichte von der Geburt im Feiglingsbaum ist genauso passiert?", fragte Lix.

„Natürlich", log der Erzähler, der an einer weit entfernten Weggabelung vom Wagen sprang und dem Fuhrunternehmer die Hand reichte. „Ziemlich genauso. Oder so ähnlich." So war die Lüge schon besser zu ertragen.

„Wirklich 1,50m?" Lix blieb skeptisch.

Laber-Ra-Barbar hatte seine Zuhörer schon oft dadurch bei Laune halten können, dass er ihnen stets einen Weg offen ließ, etwas entdecken oder aufdecken zu können.

„Zugegeben, das Kind war noch nicht so groß, als es zur Welt kam, aber es wuchs sehr schnell heran, so viel ist sicher", gab Laber-Ra-Barbar zu, nicht ahnend, dass er große Ereignisse gedanklich vorweggenommen hatte.

„Wusste ich's doch!" Lix grinste. „Na dann noch viel Glück."

Der Erzähler blickte dem winkenden alten Mann und seinem Wagen hinterher.

Es gibt nur zwei Worte – LIX Transporte stand auf der Plane, darunter Name und Adresse.

„Was für ein mieser Werbespruch." Der Erzähler lachte und schlug den falschen der beiden Wege ein.

VERTRAUEN

Raff-Ael war keineswegs als netter Kerl bekannt, was ihm außerordentlich gut gefiel. Das ermöglichte ihm, weitestgehend in Ruhe gelassen zu werden. Sein breites Kreuz, die kräftigen Hände, das markante unrasierte Kinn, sowie seine brummige Stimme verliehen ihm den Auftritt eines unwillkommenen Raubeins.

Er strich durchs Land, wie es sich für einen amtlichen Landstreicher gehörte. Dieser Mann mittleren Alters war in nahezu allen Ämtern registriert, die sich die Bürokratie ausgedacht hatte, wenn auch mit ungenauen Angaben zu seiner Person und seinen Taten. Passanten reagierten auf sein Erscheinen meist mit dem plötzlichen Wechsel der Straßenseite, spontanem Pfeifen und ziellosem Umherblicken. Er war als heimatloser Halunke und Dieb verschrien und bekannt. Er lebte von der Hand in den Mund, sofern er etwas zwischen die Finger bekam. Darin immerhin war er nicht schlecht.

Viel hatte er an diesem wolkenverhangenen Tag noch nicht zu fassen bekommen. Weder Lebens- noch Geldmittel.

Entsprechend niedergeschlagen hatte er die Tore der Stadt hinter sich gelassen, um seinen Beutezug für eine Pause zu unterbrechen. Raff-Ael war einiges gewohnt, das Leben hatte ihn nicht geschont. Doch in Kürze stand ein Naturschauspiel bevor, das ihn an die weniger schönen Momente des Lebens erinnern würde und ihn schon jetzt mit einem Schauer überraschte. Raff-Ael schüttelte sich und blinzelte in den Himmel. Im Grunde war ihm das Wetter egal, doch in diesem Moment wollte ihn der einsetzende Regen offensichtlich stören. Er schlug den Kragen seines weiten Mantels hoch und suchte unter einer Gruppe Bäume Schutz. Glücklicherweise verzogen sich die Wolken so schnell, wie sie gekommen waren, sodass er eigentlich wieder aufbrechen konnte.

Argh!

Laut und durchdringend drang es an sein Ohr, die Atmosphäre roch zunehmend nach Schwierigkeiten.

Ugh.

Die Geräusche kamen ihm bekannt vor. Er selbst hatte sie schon von sich gegeben. In anderer Abfolge und Betonung vielleicht, aber wer schon einmal von einem dreiarmigen Banditen gewürgt wurde, kannte diese Art des unheilvollen Stöhnens.

Raff-Ael griff sich unvermittelt an den Hals. Unerbittlich bahnte sich die Erinnerung an diesen erdrückenden Moment den Weg durch seine Gedanken. Er schüttelte sich.

Hmpf.

Wie diese Person ihrer misslichen Lage entkommen konnte, war eine Frage von großem Interesse. Wer wusste schon, was es bei dem Notleidenden als Belohnung für die Rettung zu holen gab.

Uargh!

Möglicherweise konnte Raff-Ael die Habe sogar ohne größere Mühe erbeuten. Als Belohnung gewissermaßen.

Der Gauner legte die Hand an sein Ohr. Das Stöhnen kam von einigen Büschen unweit des Weges. Gerade hatte er ihn überquert, als es hinter einem Busch raschelte.

„Hallo?", brummte er mit ungeübter Stimme. Er räusperte sich und setzte erneut an: „Hey!"

Jawoll, das klang wesentlich besser.

„Ist da jemand?" *Logisch ist dort jemand,* grummelte er innerlich. Er war es nicht gewohnt, zu kommunizieren.

Plötzlich sprang ein Mann mit einem breiten Grinsen hinter dem Baum hervor und erschreckte Raff-Ael.

Folker ging raschen Schrittes in die Stadt. Die Straßen rochen emsig und überfüllt. Händler priesen aus allen Richtungen ihre Waren an, ihre Wagen säumten die Gassen. Es war Wochenmarkt, der stets eine ganze Woche dauerte. Ein Tag also wie jeder andere.

Es roch nach frischem Essen und nicht ganz so frischen Körpern. Nach Schurwolle, Baumwolle und Stahlwolle der eierlegenden Wollmilchsauen, die mit genüsslichem Grunzen das bunte Treiben untermalten. Nach Bekleidungsstoffen, Schmierstoffen und dem Stoff, aus dem Träume sind. Träume von Reichtum, Erfolg und Betrug.

Die fliegenden Händler flogen unaufhörlich auf und ab, je nachdem, wie viele Käufer sich von ihren überwiegend exklusiven Waren anlocken ließen.

„Schaut her, schaut her,

zugreifen fällt nicht schwer.

Echte Preisknaller für die verwöhnte Gattin.

Dieses atemberaubende Collier:

nur 50.000 Pe-Nunzen, oh je.

Ich mach aus `nem Elefanten keine Mücke,

wenn ich sage: besser geht's nicht.

Ohne Trick und ohne Tücke,

für alle, die auf Luxus erpicht!"

Das Kopfsteinpflaster zog die Stirn kraus, so viele Menschen trampelten auf ihm herum. Sie taten ihr Übriges, die Luft mit betriebsamer Hektik zu schwängern. Eine allgegenwärtige Unruhe, die Folker nicht störte. Sie kam vom Land und war Aufdringlicheres gewohnt. Völlige Dunkelheit zum Beispiel. Oder absolute Stille.

Hoch erhobenen Hauptes und Bauches bahnte sie sich ihren Weg durch die Menge, lief vorbei an zahllosen verwinkelten und schrägen Fachwerkhäuschen, durch enge Gassen, über Brücken bis zum Zentrum der Stadt, dem großen Richtungsweiser.

Voller Vertrauen betrat sie den riesigen Platz, dessen Enden kaum auszumachen waren. Dank ihres selbstsicheren und zielstrebigen Schrittes wurde sie weder angepöbelt noch ausgeraubt oder ermordet. All das war in der Stadt möglich, wenn auch nicht zwangsläufig in dieser Reihenfolge.

Schließlich erreichte sie, wonach sie gesucht hatte: den gigantischen Wegweiser in der Mitte. Was auch immer ein Bewohner oder Besucher suchte, hier wurde jedem der Weg gewiesen. Zumindest ungefähr.

Der *Richtungsweiser* war der einzige Wegweiser, das einzige Schild – oder vielmehr der einzige Schilderwald – dieser Stadt. Alle wichtigen Straßen führten zum *Richtungsweiser* und von ihm weg. Keine Straßennamen unterstützten den Orientierungslosen.

Sie betrachtete den *Richtungsweiser* eine Weile und versuchte, das heftige Stechen in ihrem Unterleib noch einen Moment zu ignorieren.

„Ich weiß, ich weiß", sagte sie liebevoll, während sie über ihren Bauch strich. „Auch ich hab nichts dagegen, wenn du endlich das Licht der Welt erblickst. Aber mache dich auf was gefasst, seltsam ist sie, sehr seltsam", murmelte sie und schritt mehrmals um das eigenwillige Monument herum, bis sie fand, was sie suchte. Sie vergewisserte sich noch einmal und setzte ihren Weg so schnell es ging fort. Kurze Zeit später stand sie vor dem gesuchten Gebäude. Menschen strömten hinein und hinaus. Manche grinsten, andere schauten missmutig. Letztere gingen meist hinein. Wer ging auch schon gerne in eine Behörde?

„Na junge Frau, Sie sind wohl spät dran", rief ein älterer Herr in gebügeltem Zwirn mit weißem Haarkranz und blickte auf ihren Bauch. „Schnell rein mit Ihnen, ich begleite Sie zum richtigen Zimmer."

Sie nickte und folgte ihm hinein ins Ordnungsbehördeninstitut der Vierziggeteilten Stadt.

Raff-Ael atmete nach dem Schrecken tief durch und warf dem Mann einen verwunderten Blick zu. Diese schmale Person schien vollkommen unversehrt zu sein. Zudem schaute sie ihn mit freudigem Blick an, statt betreten zur Seite, zum Boden oder in die Luft. Und sie begann auch nicht zu pfeifen oder das Weite zu suchen.

„Alles in Ordnung?", fragte der Landstreicher verwirrt und strich sich mit der Hand durchs Haar, sodass für einen Moment so etwas wie eine Frisur daraus wurde.

„Klar ist da alles in Ordnung", erwiderte Laber-Ra-Barbar fröhlich. Er kannte sein Gegenüber nicht und gab wie üblich nichts auf sein Äußeres. Er glaubte an das Gute im Menschen – und sollte es auch unter dem schweren Filz der Gaunerei verborgen sein.

„Ich dachte nur, weil Sie so geächzt haben?", erklärte Raff-Ael seine Irritation.

„Ach das? Naja, ich muss mindestens einmal pro Tag. Gut, es ist nicht immer so beschwerlich wie vorhin, in der Regel fluppt es ganz gut."

„Fluppt?"

„Tut mir leid, wenn ich Sie belästigt oder Ihnen Sorge bereitet habe. Es ist wirklich alles in Ordnung. Der Darm ist leer, der Kopf wieder frei – ich hatte eine prima Zeit. Es sind doch meist die Momente der Verdauung, in denen man zur Ruhe kommt. Sie kennen doch diese Ruhe, die Ihnen ein Seufzen entlockt und den Körper entkrampft, nur zum Vergnügen", erklärte der Erzähler gedehnt und steigerte sich in seinen Gedanken hinein. „Ich rede von absoluter Ruhe! Sie verstehen mich doch, oder? Wissen Sie, was ich meine?"

Raff-Ael blickte sich irritiert um und kniff sich in den Arm. Mehrmals.

Laber-Ra-Barbar bemerke das nicht, er kam gerade richtig in Fahrt. „Das Verdauungsfinale, wenn ich es mal so nennen darf, lässt gewissermaßen die Zeit still stehen, keiner stört, niemand traut sich in die Nähe. Sie machen da wohl eine Ausnahme", schmunzelte der Erzähler kurz und verirrte sich anschließend wieder in seinen Gedanken.

"Und für seine Mühen belohnt wird man letztlich auch noch. Das Ergebnis war diesmal formvollendet, wirklich prima. Wie auch immer. Ein Mann muss verdauen, was ein Mann eben verdauen muss. Frauen übrigens ebenfalls. Wer sind Sie eigentlich?"

Der Wortschall stellte den Schurken vor eine ungeahnte Herausforderung, der er kaum standhalten konnte.

„Raff-Ael."

„Bitte?"

„Mein Name ist Raff-Ael."

„Sehr schön. Raff-Ael, vielleicht können Sie mir doch helfen."

„Ach ja?"

„Dieser Zwischenfall war nur ein notgedrungener Stopp. Eigentlich bin ich auf dem Weg zu einem Feingliedrigen. Sie wissen nicht zufällig, welche Richtung die geeignetste ist?"

Eine Frage! Noch nie hatte jemand Raff-Ael eine Frage gestellt. In der Regel beschränkten sich die Konversationen auf „Verzieh dich!" oder „Finger weg!". Doch selbst das waren eher die Ausnahmen, die das sonstige abweisende Verhalten auf unmissverständliche und tragische Weise unterstrichen.

Er war viel herumgekommen und wusste wohl, um wen es ging. Es gab in dieser Gegend nur einen Menschen dieser Sorte. Ein außergewöhnlicher skurriler Kauz, den viele schlicht für verrückt hielten. Alle anderen waren ihm noch nicht begegnet. Raff-Ael gehörte weder zu den einen noch zu den anderen. Er hatte jedoch viel über diesen alten Mann gehört, so ziemlich alle Geschichten, die über ihn kursierten. Er wurde neugierig.

„Den Weg kenne ich", sagte er und staunte selbst über die unterschwellig angebotene Hilfe.

„Fein." Laber-Ra-Barbar strahlte auf seine beeindruckend positive Art, die ihn schon manches Mal aus üblen Situationen befreit hatte. Situationen, in die ihn dieselbe überschwängliche Art kurz zuvor hineinmanövriert hatte. „Begleiten Sie mich doch ein Stück, wenn Sie möchten. Der einsame Marsch ist so langweilig und Kräfte zehrend. Und ich kann versprechen, Ihnen wird nicht langweilig."

Raff-Aels Situation verwirrte ihn immer mehr. Ein Versprechen ihm gegenüber war bisher so gut wie nie gegeben, geschweige denn gehalten worden. Fast schon konnte er, der nie die Gesellschaft von Menschen gesucht hatte, so etwas Unpässliches wie Interesse an diesem merkwürdigen Schmalhans empfinden.

Er willigte ein, denn nach wie vor galt: Wer wusste schon, was bei diesem Kerl zu holen war. Zudem hatte er gerade nichts vor, warum also sollte er eine Chance verstreichen lassen? So ließ sich Raff-Ael das erste Mal seit Ewigkeiten ein wenig von seiner Zeit rauben und machte sich mit dem Redseligen auf den Weg.

Zahlreiche Geschichten später gelangten die beiden Wanderer auf eine Anhöhe und stoppten am Rand einer Klippe. Sie fiel steil bergab und schlug in einem alten Steinbruch auf. Unten im Tal konnte Laber-Ra-Barbar ein baufälliges Holzhaus entdecken. Das Dach war notdürftig gedeckt, die Fenster waren angelaufen, an den Wänden blätterte die Farbe vom Holz. Sie mochte gerade groß genug sein, um einem Menschen mit Bett, Tisch, Stuhl und ein paar Habseligkeiten Platz zu gewähren. In seiner Umgebung sah es zwischen mehr oder eher weniger vollständigen Gerätschaften, Steinhaufen und Holzresten ziemlich chaotisch aus. Bei genauerem Hinsehen konnte er schließlich einen Mann ausmachen, der auf dem Boden unweit des Hauses hockte und regungslos auf einen Holzstab starrte, der in der Erde steckte.

„Ich werde Sie hier verlassen", sagte Raff-Ael, den die Ahnung beschlich, dass er gleich fortgerissen werden würde. Die Ahnung war so leise und dennoch so deutlich, wie das kaum zu vernehmende Ticken, das sich wie ein sanfter Nieselregen über den Schurken legte.

Tick. Tack.

„Wie schade", kam es von Laber-Ra-Barbar zurück, der von dieser leisen Ahnung nichts mitbekam. „Ich hoffe, wir werden uns noch einmal über den Weg laufen. So gute Zuhörer findet man selten."

„Wer weiß", brummelte der Schurke.

„Vielen Dank jedenfalls. Alleine hätte ich mich nur wieder verlaufen. Ihre Begleitung war gewissermaßen sehr richtungsweisend. Ich hoffe, ich kann mich irgendwann revanchieren." Laber-Ra-Barbar wollte dem anderen kameradschaftlich auf die Schulter klopfen. Doch als er sich zu ihm drehte, stand dort niemand mehr.

„Was soll das mit diesem Formular?", fragte Folker energisch. „Ich hab keine Zeit dafür." Sie deutete mit einer dramatischen Geste auf ihren Bauch.

Sie stand in einer riesigen Halle mit hohen Decken und reichlich Raum für viele Schalter. Zu viele Schalter. Die Schalterhalle war so ausladend angelegt, dass Behäbigkeit und stoische Ruhe ein weites Spielfeld zum Korinthenkacken hatten.

Ihr gegenüber saß ein blasser Beamter mit Hornbrille, wenigen Haaren und langen gierigen Fingern. Gierig nach ausgefüllten Formularen.

„Es mag alles sehr schnell und hektisch zugehen in dieser Stadt, Madame, gerade deshalb muss es wenigstens hier ordentlich vonstattengehen. In dieser Institution muss alles seine *absolute* Ordnung haben. Und ich meine *absolut*. Wo kämen wir sonst hin?"

Das betonte er derart deutlich, dass sie zusammenfuhr.

„Na? Wo kämen wir hin, wenn hier jeder ein und aus geht und Kinder zur Vierziggeteilten Stadt bringt, ohne Bescheid zu sagen?"

„Zum Ziel?", argwöhnte Folker genervt.

„Füllen Sie bitte das hier aus, hier tragen Sie dann alle Formalitäten ein, hier bitte Ihre Personalien, hier die des

Kindes. Anschließend bitte die Kopie und noch einmal die Sicherheitskopie. Und schon können Sie gehen. Tatsächlich könnten Sie bereits fertig sein." Er grinste sorgfältig. Und ziemlich dämlich.

Widerwillig nahm Folker den Stift und arbeitete sich durch den Wust aus Feldern, Verweisen, Linien, Kreuzen und Kauderwelsch, den sich vermutlich ein Bürohengst aus lauter Langeweile ausgedacht hatte.

„Was soll das hier heißen? Wollen Sie mich verarschen?", rief sie erbost und deutete auf ein langes Feld, über dem geschrieben stand: *Was ist der Grund für die Schwangerschaft?*

„Kein Grund, so aufbrausend zu sein. Das benötigen wir für die Statistik. Und glauben Sie mir, es gibt mehr als einen Grund, weshalb sich eine Person in derartige Umstände zu begeben sucht. Ihre Angaben helfen uns, Dinge festzuhalten, um sie später wieder hervorzuholen. Sie sind also von hoher Wichtigkeit. Vertrauen Sie mir. Und jetzt weiter, Sie haben es schließlich eilig", entgegnete der Beamte in belehrender Ruhe.

Etliche Diskussionen später war er endlich gewillt, Folker aus der Behörde zu entlassen, um sie auf der gegenüberliegenden Straßenseite im Krankenhaus einzuliefern. Der ältere Herr, der sie bereits auf das Amt begleitet hatte, seines Zeichens allgemeiner Spezialmediziner a. D., geleitete sie durch das beeindruckende steinerne Portal.

„Diese Frau muss dringend in einen Kreis-Saal!", rief er. Sofort wurde ihr ein Rollstuhl untergeschoben.

„Ich kann noch alleine Laufen!", brüskierte sich Folker, die sich ungern bevormunden ließ.

Schwestern schwirrten umher, Ärzte plapperten Fachchinesisch, um sich unbemerkt von den Umstehenden über die Sportergebnisse des letzten Abends unterhalten zu können, und stellten ihr zwischendurch allerhand Fragen.

Befehle schossen durch die Gänge, während ihre in immer kürzeren Abständen auftretenden Wehen zur Eile mahnten.

Endlich erreichten sie einen kreisrunden Raum, wo Folker unter einige grelle Lampen geschoben und auf einen unangenehm aussehenden Stuhl gehoben wurde.

„Sie sind spät dran", bemerkte der behandelnde Arzt aus einer Ecke hinter ihr.

„Sehr witzig." Folker stöhnte. „Deswegen bin ich hier." Sie atmete heftig und versuchte, an etwas Schönes zu denken. „Leberwurstbrot", stammelte sie.

Arzt, Schwestern, der kreisrunde Saal, alles schien zu verschwimmen. Die Geburt war bereits eine qualvolle gefühlte Ewigkeit im Gange, als der Vorhang aus Schmerz, Vorfreude und Leberwurstbildern von einem Schrei zerrissen wurde.

„Geschafft!", jubelte der Arzt und stockte plötzlich deutlich hörbar.

„Was ist es?" Folker stöhnte neugierig und ängstlich.

Sie atmete tief durch, verdrängte den Schmerz, drehte den Kopf nach links und warf dem Arzt mit letzter Kraft einen fragenden Blick zu.

„Äh ..." Er zögerte.

Sie versuchte, sich aufzurichten, war jedoch zu schwach und sank zurück in den Stuhl, als sie den obligatorischen Klapps vernahm.

„Au!" Der Arzt rieb sich die Wange.

„Was ist?"

„Es hat mich geschlagen!", rief der Gelehrte fassungslos.

„Herr Doktor – was ist es?!", rief Folker atemlos.

„Ein ... ziemlich großer Kerl."

Verwirrung schien an diesem Tag ihren großen Auftritt zu haben.

„Das wurde auch Zeit", sagte der neugeborene Jüngling trotzig, bevor der Arzt in Ohnmacht fiel.

SECHS

KONZENTRATION

Die Szenerie, die sich vor dem Geschichtenerzähler auftat, mochte jedem skurril erscheinen, nur nicht ihm. Nicht etwa, weil er schon so manches in seinem Leben gesehen, sondern weil er so ziemlich alles in seiner Fantasie erlebt hatte. Laber-Ra-Barbar konnte sich wirklich alles vorstellen: endlos schöne Täler voller Blumen und Rot-Grün-Wild, unfreundliche Kakteen-Armeen in den trostlosen Weiten einer Steppe oder majestätische Puderpappeln, die ihre Umgebung wie in einem gut gelaunten Winter unter einem Teppich pastellfarbenen Blütenstaubs begruben. Ganz zu schweigen von inbrünstig feuerspeienden, unansehnlichen und schlecht gelaunten Drachen mit Fußpilz. Manchmal ließ er sich hinreißen und dachte an zierliche, stolze Jungfrauen, die Räuber und Gendarm mit seinen Hormonen spielten. Mitunter ging seine Fantasie sogar so weit, dass er sich in die dunkelsten Winkel seiner geräumigen und gleichsam verwinkelten Seele zurückzog und sich nahezu Unvorstellbares ausmalte: besinnungslose Nächte der Hingabe mit einer dieser Frauen in Leder. Oder überhaupt erst einmal eine besinnungslose Nacht mit einer Frau. Und vielleicht, wenn er Glück hatte, auch ganz ohne Kleidung.

Er hatte schon oft von anderen gehört, dass so etwas durchaus üblich sei und bereits die eine oder andere intime Auseinandersetzung mit aufgerichtetem Interesse beobachten können. Eigene Erfahrungen auf diesem Gebiet hingegen …

Kurz: ihm war beinahe nichts fremd. Er ging neugierig und unbescholten durchs Leben, wobei ihm zu Gute kam, dass er mit einer unerschütterlichen positiven Lebenseinstellung gesegnet war, die nicht selten mit seiner Naivität aneinandergeriet.

Laber-Ra-Barbars Blick wanderte über den Wust aus Unkraut, verrottetem Holz und Unrat. Das alles wirkte trotz der Unordnung ausgesprochen detailverliebt. Konzentration lag in der Luft, als er sich der baufälligen Hütte näherte, die nicht bewohnt aussah. Langsam schritt er um sie herum und gelangte an den Rand des Platzes, den er schon vom Hügel aus gesehen hatte.

Inmitten dieses Platzes saß ein alter Mann, dessen zerschlissene Latzhose und Hemd sich eher durch die Zeit als durch Absicht grau-braun verfärbt hatten. Darüber trug er eine Weste, die sich redlich bemühte, ihren maroden Zustand zu verschleiern und nach all den Jahren immer noch als solche durchzugehen. Seinen gigantisch langen weißen Bart hatte er sorgfältig neben sich auf dem Boden aufgerollt.

Er hockte vor einem nicht allzu langen Holzstab, der fest im Boden steckte. Alle Konzentration dieses Ortes schien auf diesen Stab gerichtet zu sein.

Als die Sonne ihr Versteck hinter einer dicken Wolke verließ und ihre Strahlen zur Erde warf, rief er: „Ha!"

Laber-Ra-Barbar erschrak und hockte sich still hin, um nicht aufzufallen, was angesichts des unbewachsenen Untergrunds von Misserfolg gekrönt war. Er war deutlich zu sehen und überlegte, wie er den Greis ansprechen sollte, während der alte Mann ihn aus dem Augenwinkel kurz ansah, sich abwandte und zu reden begann.

„Da bist du also", murmelte er. „Schleichst um mich herum. Um uns alle herum. Aber glaube bloß nicht, dass ich dich nicht bemerken würde. Du kannst rennen, schleichen, im Fluge vergehen – entgehen tust du mir nicht."

Der Erzähler zuckte bei jedem der Sätze zusammen, wurde immer kleiner. Er fühlte sich wenig willkommen.

Der Alte brabbelte weiter: „Vieles hast du gesehen, vieles verstreichen lassen. Um nichts scherst du dich wirklich, greifst nicht ein und bist doch für alles verantwortlich."

Das ging Laber-Ra-Barbar nun doch zu weit, er fühlte sich beleidigt. Hier musste eine Verwechslung vorliegen.

Die Stimme des Alten klang aufgeregt, krächzend und etwas zu hoch: „Du meinst, du kannst sie alle haben? Ich bin dir längst auf die Schliche gekommen – vergiss das nicht!"

Etwas schien den Alten nervös zu machen. Ganz offensichtlich gab es hier einiges klarzustellen. Laber-Ra-Barbar richtete sich auf, um etwas zu sagen, doch der Alte fuhr unbeirrt fort: „Du glaubst, du erwischst jeden? Ha! Nicht mit mir. Nicht mich. Ich bleibe. Ich bin ein Dickkopf. Und …" In diesen Satz legte er sein ganzes Gewicht, auch wenn es nicht wirklich viel sein konnte: „Ich bleibe so lange es mir passt!"

Die Wolken schoben sich wieder vor die Sonne.

„Ja, versteck dich nur, ich weiß, dass du zurückkehrst. Aber ich komme nicht mit. Du Schuft!"

Laber-Ra-Barbar richtete sich auf und schritt auf ihn zu. „Das geht jetzt wirklich zu weit!", rief er mit fester Stimme und verscheuchte die versammelte Konzentration. „Ich will nicht, dass Sie irgendwohin mitkommen. Von mir aus bleiben Sie, wo Sie sind. Mir egal. Ich will nur eines: den Mörder meiner Mutter finden."

Stille.

„Zu weit?" Der alte Mann hatte sich zu seinem Besucher umgedreht. „Wie kann man in dem kurzen Leben, das uns gegeben wurde, zu weit gehen? Hä?" Er blickte auf den jungen schlaksigen Mann und musterte in Windeseile Erscheinung und Wesen seines uneingeladenen Gastes. „Jung sind Sie. Noch."

Laber-Ra-Barbar blickte ratlos in die unergründlichen Augen des Alten, der ihn mit Blicken und Worten zu durchbohren schien.

„Das Alter, es kommt zu Ihnen. Jawohl. Schneller als Ihnen lieb ist. Eben stehen Sie noch hier und mischen sich vorlaut in meine Angelegenheiten ein und im nächsten Moment ist Ihr Haar ergraut, die Blase schwach und alle Kraft aus Ihnen gewichen. Wenn ich es mir recht überlege ...", dabei schaute er an ihm herauf und herab, „ist Kraft bei Ihnen ohnehin nicht sonderlich präsent. Eilen Sie, eilen Sie, schnell ist's vorbei, das Leben. Zu weit gehen, dass ich nicht lache. In so kurzer Zeit."

Der Erzähler tippelte nervös von einem Fuß auf den anderen. Die Atmosphäre schien in Unruhe zu geraten, während die Sonne erneut hinter den Wolken hervortrat, als wollte sie das Eis zwischen ihnen brechen.

„Äh", entgegnete Laber-Ra-Barbar und ärgerte sich.

In der Regel galt er als schlagfertig und wortgewandt. Oder eloquent, wie er sich gern ausdrückte. Dieser Moment schien die gefürchtete Ausnahme zu sein. Er hielt sich die Hand vors Gesicht, als die Sonne ihr breites Grinsen aufsetzte.

Der Feingliedrige drehte sich hektisch zu seinem Holzstab und grunzte. „Hm, da bist du ja wieder. Geduld hast du, das muss man dir lassen. Doch ich ändere meine Meinung nicht. Nein, mitnichten, pah! Ich bleibe."

Laber-Ra-Barbar überlegte, ob das Gesagte irgendeinen Sinn machte. Zumindest galt es nicht ihm, so viel war sicher.

„Soso, einen Mörder suchen Sie", sprach ihn der Alte erneut an. „Fein."

Es half nichts, der Erzähler hörte auf, nachzudenken, und lauschte stattdessen dem Redefluss.

„Wissen Sie, ich habe schon viele Menschen getroffen, die ihre Zeit sinnloser vergeudet haben: Krieger, Philosophen, Fußballer. Einen Mörder suchen, na das ist doch zumindest ein Anfang. Klingt nach Neugier, Wissbegierde … Rache? Jedenfalls ergibt es gewissen Sinn, weil damit dem Ermordeten ein Gefallen getan wird. Schließlich kann er bei der Aufklärung seines Todes nicht mehr behilflich sein, was?" Er lachte knarzend. „Ist unsere Zeit schon kurz, so ist die eines Toten ewig. Und in der Ewigkeit, mein Junge, hat man jede Menge Zeit, über die Vergangenheit nachzudenken. Nun sagen Sie, wer ist der Glückliche, dem Sie so tapfer zur leblosen Seite stehen und Ihre Zeit opfern?"

„Meine Mutter", entgegnete Laber-Ra-Barbar, der das eben Gehörte noch rasch in seinen Gedankengängen auflas und sortierte.

„Ihre Mutter also…", erwiderte der Greis gelangweilt. „Und wer war Ihre Mutter?"

„Mutter-Ra-Barbar."

Die Miene des Feingliedrigen erhellte sich und er schien für einen Moment eine Reise in die Vergangenheit zu unternehmen. „Mutter-Ra-Barbar", wiederholte er leise. „Ein Prachtweib. Und Sie sind ihr Sohn, schau an. Ich erinnere mich, wie gut organisiert sie war. Es gab viel zu tun: Haus und Hof, Ihre Erziehung, die Ihres Vaters und bei all dem Stress hatte sie stets die Ruhe weg. Sie hatte der Zeit den Rücken gekehrt, scherte sich nicht um die Trends, die aus der Stadt herüberschwappen und einem vorschreiben wollen, wann man was tragen, essen oder tun soll."

„Stadt?" Laber-Ra-Barbar horchte auf. „Wann bitte schön hat sich meine Mutter jemals weiter als ein paar Schritte von unserem Gartentor entfernt?"

„Oh man", der Feingliedrige zog seine Augenbrauen in unterschiedliche Richtungen der Verwunderung. „Ständig. Sie wissen nichts von ihren abendlichen Ausflügen in die Stadt?"

„Abendlich also?!" Laber-Ra-Barbars Aufmerksamkeit wurde nun vollends gefordert. „Die Stadt liegt mehrere Tagesmärsche entfernt!", ereiferte er sich.

„Märsche ja, haha!" Der Alte lachte und schaute sein Gegenüber plötzlich durchdringend an, um mit leiser Stimme fortzufahren: „Aber sie ist nicht marschiert." Laber-Ra-Barbar rang mit seinem Verstand, während der Feingliedrige ins Detail ging: „Ich habe sie manches Mal in der Stadt getroffen. Damals, als ich noch beruflich mit den Menschen zu tun hatte."

„Was haben Sie gemacht?", fragte sein Zuhörer.

Der Alte ließ sich Zeit mit seiner Antwort und stopfte zuerst eine skurril geformte, knochige Pfeife. „Ich habe den Menschen Zeit verschafft."

„Wie?"

„Ich habe mit ihr gehandelt."

„Das heißt…?"

„Zeitmanagement, Ressourcen-Gewinnung. So was eben."

Laber-Ra-Barbar wollte verzweifeln, so groß war das Fragezeichen über seinem Kopf.

„Na ja, ich bin für sie einkaufen gegangen, habe Hausmeistertätigkeiten erledigt, auf ihre Kinder aufgepasst, ihre behördlichen Dinge geregelt, während sie Kaffee getrunken haben. Ressourcen-Beschaffung klingt allerdings besser, finden Sie nicht? Mit anderen Worten: Ich habe ihnen meine Zeit verkauft. Wichtige Dinge, die ich den Menschen abgenommen habe. Und sehr, sehr anstrengende mitunter."

„Und im Gegenzug?"

„Im Gegenzug habe ich zahllose Einzelheiten ihres Lebens erfahren dürfen. Ich habe ihnen zugehört, wie sie über ihre Erlebnisse, Ängste und Nöte, Freud und Leid berichteten. Und ich habe gelernt."

„Und was genau?"

„Ursprünglich? Feinmechanik."

„Nein, durch das Zuhören, meine ich."

„Oh. Dass alles einen Ursprung hat. Eine Ursache: Angst, Glück, Erfolg, Niederlage, Schmerz, Freude, Fortschritt, Stillstand – einfach alles."

„Und der wäre?"

Der Blick des Alten verdunkelte sich, als wolle er extra geheimnisvoll wirken. Es gelang ihm. „Die Zeit, mein Junge. Es ist die Zeit, die uns antreibt, hemmt, ärgert, schädigt, herausfordert."

Laber-Ra-Barbar ließ sich diese Worte einen Moment durch den Kopf gehen, bevor sie sich in einem Nebenzimmer seines Oberstübchens niederließen. Dann besann er sich auf sein Vorhaben und kramte den Zettel aus seiner Umhängetasche, den er bei seiner Mutter gefunden hatte.

„Sie sind vermutlich zu dem Schluss gekommen, dass jeder ganz allein für das verantwortlich ist, was er aus seinem Leben, aus seiner Zeit macht, richtig?", lenkte er das Gespräch um.

„So ist es", bestätigte der Alte.

„Nun gut, wie bereits gesagt, will ich meine Zeit nutzen. Kommen wir also zur Sache", begann Laber-Ra-Barbar den alten Mann zur Rede zu stellen. „Das hier habe ich bei meiner Mutter gefunden, als sie starb." Er übergab den Zettel.

Der Alte nahm ihn neugierig entgegen und begann zu lesen. Nach einem Augenblick schaute der Greis auf und wiederholte, was er gelesen hatte. „Er holt mich, er holt jeden, der Feingliedrige..."

„Und? Was haben Sie dazu zu sagen?", fragte der Erzähler energisch.

„Ha", der Feingliedrige schmunzelte. „Du denkst, ich hätte deine Mutter...? Mitnichten mein Junge. Aber du solltest dich beeilen!" Während er das sagte, schien sein Blick sich zu verirren, zu verschleiern.

„Was? Wieso? Was wissen Sie?"

„Verdammt, ich hätte *sie* nie weggeben dürfen. Verdammt!" Der alte Mann war aufgestanden und Laber-Ra-Barbar blickte erstaunt an ihm hinauf.

„Nie weggeben? Wen? Meine Mutter?" Sein Verstand versuchte, Schritt zu halten.

„Blödsinn", entfuhr es dem Alten. „Ich rede von *ihr*."

„Ah, von *ihr* also", wiederholte der Erzähler mit einer Mischung aus Ironie und schwachen Nerven.

„Genau. Auch mir hat *sie* zugesetzt, doch schließlich konnte ich *sie* loswerden. Heute ist mein Leben auf das Hier und Jetzt ausgerichtet – und ohnehin bald zu Ende. Wissen Sie, nicht alles im Menschen ist gut. *Sie* muss wohl dem schlechten Teil in mir entsprungen sein. Ich meine, *sie* ist nicht durch und durch schlecht, doch ihre Erbarmungslosigkeit trieb mich an. Niemals hätte ich *sie* damals weggeben dürfen. Doch in der Stadt lockt das Geschäft und der Preis war gut."

„Wie hoch war er?" Neben Unverständnis machte sich Neugier in Laber-Ra-Barbar breit, weshalb er weiterbohrte, damit er Stück für Stück das merkwürdige Puzzle um den Tod seiner Mutter, die Rolle des Feingliedrigen und das Rätsel um *sie* zusammensetzen konnte.

„Unermesslich. Den Käufer hat er vermutlich den Verstand gekostet, mir Ruhe gebracht. Es hat sich gelohnt."

„Nun, wo ist *sie* jetzt?"

„Ich weiß es nicht."

„Nun kommen Sie schon. Erst schwadronieren sie herum, bieten mir endlich ihre Hilfe an und nun geht es nicht weiter?!" Laber-Ra-Barbar wurde sauer.

„Ich weiß, wer es weiß"

„Aha. Und?"

„Studiosus. Ein Kuriositätenhändler mit einem kleinen Laden in den Tiefen der vierziggeteilten Stadt. Ein freundlicher etwas verschrobener Kauz, der sich mit allem und nichts beschäftigt, wenig von vielem weiß, dafür aber entsprechend viel über alles redet. Frag nach ihm. Er hat für *sie* bezahlt. Er weiß sicher, wo *sie* jetzt ist."

Laber-Ra-Barbar stand eine Weile herum, während der Feingliedrige auf und ab lief und sich in Gedanken zu verlieren schien. Hier war wohl nichts mehr zu erfahren.

„Besten Dank. Ich hoffe, mich zu gegebener Zeit revanchieren zu können", rief er in das Nichts, in dem sich der Alte befand, und wandte sich zum Gehen.

„Das können Sie, Laber-Ra-Barbar", hielt ihn der andere zurück.

Der Erzähler zuckte zusammen und drehte sich noch einmal um. „Woher kennen Sie meinen Namen?", fragte er verblüfft. Er konnte sich nicht erinnern, ihn genannt zu haben.

„Ich weiß einiges über Sie."

Laber-Ra-Barbar erschauderte. „Gut, vielleicht will ich es gar nicht so genau wissen. Wie kann ich mich also revanchieren?"

„Bring *sie* wieder her", sagte der Alte mit deutlicher Schärfe, die dem Erzähler deutlich in Erinnerung bleiben sollte.

Er seufzte. „Von mir aus, dann soll es wohl so sein, ich werde *sie* zurückbringen." Damit wandte er sich erneut zum Gehen.

„Noch was", kam es sofort hinterher.

„Ja?"

„Vergeude nicht deine Zeit!"

„Ich werde es mir merken ... Okay ... Wir sehen uns", sagte Laber-Ra-Barbar verunsichert und fand, dass es wie eine hohle Floskel klang.

„Noch was!"

Laber-Ra-Barbar drehte sich ein drittes Mal zu diesem merkwürdigen alten Zeitgenossen um und stöhnte leise. „Was denn noch? Ich dachte ich soll mich beeilen!"

„Eben", entgegnete der Alte. „Komm mit!"

Gemeinsam gingen sie schweigend ein Stück, bis sie an einem unscheinbaren Schuppen ankamen, der dem Erzähler zuvor nicht wirklich aufgefallen war. Die Tore quietschten so erbärmlich, als wären sie seit Ewigkeiten nicht mehr geöffnet worden.

„Nimm das", hörte er den Alten sagen, dessen ausgestreckter Arm auf ein merkwürdig anmutendes Holzgestell, das mit einer Auslage, einem Dach nebst herausragender Markise und drei Rädern bestückt war.

„Ein Marktstand?" Laber-Ra-Barbar fühlte sich verarscht. Was sollte er mit diesem morschen Karren anfangen??

„Nicht einfach ein Marktstand, mein Junge. Der Handel mit Zeit ist ein hartes Geschäft. Man muss höllisch gut organisiert sein, um ihn betreiben zu können. Verlorene Zeit kann man niemandem anbieten."

„Sie waren ein fliegender Händler?" Laber-Ra-Barbar pfiff leise durch die Zähne, während er beobachtete, wie der Stand auf Geheiß seines Erbauers ins Freie schwebte, wo ihn die auftauchende Sonne in Empfang nahm.

„Schnell, schnell!" Der Feinmechaniker krächzte mit dieser hohen Stimme und schaute hektisch zu seinem Holzstab. „Sie rinnt und rinnt, verlier keine Zeit. Los jetzt!"

Der Erzähler sprang in das Innere des Standes. „Wie fliegt man ihn?", fragte er den alten Mann, der bereits zu seinem Holzstab lief.

„Keine Sorge, er kennt den Weg", kam es zurück.

„Halt, warten Sie!", rief Laber-Ra-Barbar, der noch eine Frage hatte.

„Was denn?"

„Was genau macht eigentlich ein Feinmechaniker?"

„Das, mein Junge, erzähle ich Ihnen, wenn Sie zurück sind", ertönte die unbefriedigende Antwort. Schon hatte sich der Alte wieder vor das Stäbchen gehockt, dessen Schatten im Kreis gewandert war. „Na, zurück? Ha, bemühe dich nicht. Willst mich einholen, was? Niemand entkommt dir? Pah", murmelte der Alte.

Laber-Ra-Barbar hörte nicht weiter zu. Er klammerte sich ängstlich an dem wackeligen Holzgerüst fest, das langsam losruckelte.

SIEBEN
ENTSCHEIDUNG

Das leise Ticken verschwand unhörbar zwischen den Bäumen.

„Br." Raff-Ael schüttelte sich. Er hasste diese Momente, an denen er fortgerissen wurde, um schon im nächsten Moment mit Kopfschmerzen an einem x-beliebigen Ort in x-beliebiger Entfernung aus einem auf jeden Fall x-beliebigen Grund wieder aufzutauchen. Zeitreisen waren nicht sein Ding. Aber das hätte auch keiner ahnen können. Genau deshalb hatte es ihm auch niemand vorher gesagt.

Der Schurke rieb sich den Kopf und schaute sich um. Ringsum war er von Bäumen eingekreist und nicht weit entfernt hatte ein bescheidener Bach seine Ruhe in einem schmalen, gemütlichen Bett gefunden, wo er unbekümmert vor sich hinströmte.

Dank seines ausgeprägten Orientierungssinns erkannte Raff-Ael den Ort wieder. Und dank eines wieder einmal unerklärlichen Zufalls hatte es ihn nicht allzu weit von der Stelle verschlagen, wo er Laber-Ra-Barbar verlassen hatte.

Raff-Ael musste kurz lächeln und schaute sich erschrocken um, ob es auch niemand bemerkt habe. Er hatte einen Ruf zu verlieren.

Laber-Ra-Barbar. Ein komischer Kauz. Obwohl bei der Begegnung nichts Materielles für ihn herausgesprungen war, konnte er doch nicht leugnen, dass die Zeit mit dem Erzähler ertragreich gewesen war. Er war vorzüglich unterhalten worden, so vorzüglich, dass er sogar für einen Moment seine Intention vergessen hatte und ganz und gar in den Erzählungen versunken war. Es war eine Zeit der Entspannung gewesen, wie er sie viele Jahre nicht erlebt hatte.

Raff-Ael zog seinen langen, schweren Mantel glatt und grübelte darüber nach, dass er während der Zeitreisen in jüngerer Vergangenheit immer kürzere Distanzen zurücklegte.

Zeitreisen – das bedeutete, dass er sich in der misslichen Lage befand, von einem Moment auf den anderen den Aufenthaltsort zu wechseln – ohne es zu wollen und ohne Rückfahrschein. Dabei schlug er der Zeit nur insofern ein Schnippchen, als dass ihn die Reise keine kostete. Er überbrückte Entfernungen, keine Zeiträume. Der vermeintliche und von vielen erhoffte Vorteil einer Zeitreise lag somit einzig und allein in der Zeitersparnis hinsichtlich der Strecke, die man zurücklegte. Diese Strecken waren zu Beginn seiner Reisen mitunter beträchtlich ausgefallen. Und so hatte das Raubein Raff-Ael schon mancherlei Orte gesehen.

Es trübte ihn nicht, dass er nicht wirklich die Zeit bereiste. Allein der plötzliche Ortswechsel war weiß Gott anstrengend genug, wie wäre es erst, wenn er zusätzlich in der Zeit springen würde? Was fanden bloß alle an dieser blöden Idee des Zeitreisens? Heute hier, morgen dort, gestern woanders.

Ihm blieb keine Zeit, jemanden kennenzulernen, etwas aufzubauen, ein Leben zu führen, da er unberechenbar fortgerissen wurde. Der Freitod wäre auch keine Lösung, hatte er sich immer gesagt. Wer konnte ihm schon garantieren, dass er nicht Tag für Tag wiedergeboren wurde? Vielleicht als Steinbock, Adler oder Bär – das wäre ja noch ganz nett, wenn auch nicht erstrebenswert. Als Geschnetz, Mauerblümchen oder Dreck unter jemandes Fingernagel? Bloß nicht.

Und doch war er dem Reiz des Zeitsprungs immer wieder anheimgefallen. Einer Sucht gleich genoss er den einen oder anderen Ort, die Abenteuer, die Abwechslung, die Bars, die er dort aufsuchte, bis er wieder mal auf dem harten Boden der Realität aufschlug. In solchen Momenten sehnte er den Tod herbei, um endlich zur Ruhe zu kommen. Besonders in diesem einen Moment, diesem Augenblick, als er die erste und einzige und wahre und zugegeben etwas kurze Liebe seines Lebens zurücklassen musste.

Sein Gedankengang wurde unterbrochen, als es in den Baumwipfeln knackte. Er schaute nach oben. Das Geräusch zog westwärts weiter. Aus purer Neugier schlug er dieselbe Richtung ein und folgte dem Fluchen, das sich über die Baumkronen ergoss.

„Los, höher, verdammt", drang es durch die Wipfel einer beleidigten Kiefer, die sich irrtümlicherweise angesprochen fühlte. „Ich denke, du kennst den Weg. Dazu gehört sicher nicht das Abholzen dieses Waldes, hörst du? Ich rede mit dir!"

Während Raff-Ael dem Knacken und Fluchen folgte, nahm er den Gedanken von vorhin wieder auf: Es war ein skurriler Umstand, dass für ihn als Zeitreisender die Vergangenheit das Erträglichste war. Er lebte in den Erinnerungen an die schönen Momente und malte sie mit wasserfester Farbe aus. Er mochte als Gauner, Landstreicher und Dieb berüchtigt sein. Ohne Heimat, ohne einen Hauch von Beständigkeit in seinem von diesen verfluchten Zeitreisen zerstückeltem Leben, konnte es jedoch nicht anders sein.

Zeitreisen hatten auch ihr Gutes. Mancher Gefahr hatte er unverhofft entkommen können, während er andere auch provoziert hatte. Aber trotzdem, der Zeitreise hatte er es zu verdanken, dass es letztlich zu diesem unglaublichen, einzigartigen Augenblick gekommen war, in dem er in das Leben einer jungen Frau geplatzt war. In das Leben einer wahnsinnig gut aussehenden, Wäsche aufhängenden Frau.

Sie hatten sich ineinander verliebt – und geliebt. Vielleicht war das die schönste Zeit seines Lebens gewesen. Doch auf wunderliche Weise schaffte es die Zeit, ihn immer dann zu entführen, wenn sich etwas Dauerhaftes anbahnte.

Er lauschte weiter auf das Knacken in den Wipfeln. Und das Fluchen.

„Ist dir eigentlich klar, was du hier anrichtest? Wie kann man nur so kaltschnäuzig über andere hinweggehen? Oh, da vorn, siehst du, das muss die vierziggeteilte Stadt sein! Los, heb endlich deinen Hintern und bring uns dorthin. Und zwar ohne weiteren Schaden anzurichten!"

Raff-Ael kam die Stimme vertraut vor. Er vergaß so schnell nichts. Der Waldrand kam näher und er beschleunigte seinen Schritt.

Plötzlich ging ein Ruck durch den Marktstand, der Wind zerrte an der Markise und Laber-Ra-Barbar spürte, wie er an Geschwindigkeit gewann. Unter ihm trat Raff-Ael aus dem Blätterdach und eine kandierte Kokos-Schwalbe begleitete die Szenerie mit wütendem Gezeter. Sie wich jäh vor dem plötzlich heranschnellenden Stand zurück, verlor an Höhe, geriet ins Trudeln und schimpfte noch mehr. Laber-Ra-Barbars Blick folgte ihr, während sie abdrehte, und erfasste den Gauner, der über die grüne Ebene unter ihm lief.

„Raff-Ael?!", rief er. „Was um alles in der Welt machst du hier?" Der Gedanke an Gesellschaft kam ihm recht. Dieser knarzende Marktstand war ihm keineswegs geheuer und so konnte er sich vielleicht in Sicherheit reden. Oder anders formuliert: sich ein Gefühl der Sicherheit einreden.

„Laber-Ra-Barbar!", rief der Läufer, der spürte, wie ihn das Wiedersehen und die Aussicht auf Gemeinschaft erfreute. Doch bevor er sie in Worte fassen konnte, zog der Stand an und ließ ihn hinter sich. Erschöpft sank Raff-Ael zu Boden und versank in Selbstmitleid – einem unliebsamen Begleiter der letzten Reisen.

Die Nacht war mittlerweile hereingebrochen, Raff-Ael hatte es sich im Kreise einiger Ginsterbüsche und Lavendel-sträucher gemütlich gemacht und hing seinen Gedanken nach. Der Landstreicher war sich über das eine oder andere klar geworden. Zeit seines Lebens hatte er in den Tag hineingelebt, Momente genossen und sich um wenig geschert. *Frei* hatte er es genannt, *ziellos* traf es vermutlich besser.

Tatsächlich war er schon immer ein Lebemann gewesen, ohne eine feste Richtung anzustreben. Oft hatte er überlegt, lieber etwas Großes zu vollbringen. Sich in Kunst- und Kulturkreise zu begeben. Dort hatte er allerdings nach Kanapees und Frauen gegriffen und weniger zu Stift, Buch oder Pinsel. Irgendwann wurde ihm das intellektuelle Gehabe zu vergeistigt. Er wollte lieber direkt am Zeitgeschehen mitwirken. Die Politik schien ihm hierfür die geeignete Alternative zu sein. Nach wenigen Tagen nervte ihn das endlose Hände-schütteln, Schulterklopfen, Debattieren und Schnittchenessen.

Als er begonnen hatte, zu dichten, verlor er sich derart in Gedanken über Inhalt und Form, dass er den Faden und schließlich die Lust an der Lyrik verlor. Und so verhielt es sich mit vielen anderen Zeitvertreiben. Zu viel Zeit war verronnen, in der er vieles begonnen und nichts zu Ende gebracht hatte.

Interessant fand er, dass ihn diese Ziellosigkeit erst zu nerven begonnen hatte, als er die Zeitmaschine in die Finger bekommen hatte. *Sie,* dachte er, *vielleicht ist sie der Grund allen Übels.*

Er fluchte und stocherte verstört in dem Feuer, das ihm wärmende Gesellschaft leistete. Er versuchte, das Ergebnis seines bisherigen Lebens auszurechnen, doch unterm Strich blieb kaum etwas übrig, das ihm gefiel.

Getrieben wurde er erst durch das Vergnügen, später durch die Zeit. Je länger sie ihn begleitete, desto mehr Momente waren gekommen, deren jeweiliges Ende viel zu unerwünscht über ihn hereingebrochen war. Doch an diesem Abend kam dem umherstreunenden Halunken eine Idee, die seine Zukunft verändern sollte. Zum x-ten Male dachte er: Jetzt oder nie!

Nun machte er sich sein lange gepflegtes Motto zum ersten Mal wirklich zunutze und traf eine Entscheidung von Dauer.

Wenige Minuten später roch es penetrant nach Urin und das erloschene Feuer war allein.

ACHT

VERHANDLUNG

Laber-Ra-Barbars Marktstand steuerte zielstrebig auf das Getöse der Stadt zu. Unter ihm tobte das Leben. Und das nicht nur auf den zahlreichen gepflasterten Straßen, die sich sternförmig in ebenso so viele Himmelsrichtungen vom zentralen Richtungsweiser entfernten. Auch die zahllosen Gässchen, die sich zwischen ihnen erstreckten, luden zum Entdecken, Shoppen, Verlaufen und dem einen oder anderen Verbrechen ein.

Der Erzähler dachte gerade darüber nach, wie eine sicherlich beeindruckende doch letztlich begrenzte Ansammlung von Gassen zahllos sein könnte und was in diesem Zusammenhang eigentlich ein Gassenhauer zu tun hatte, als der Marktstand ins Stocken geriet und an Höhe verlor. Laber-Ra-Barbar blickte sich hektisch um. Die Menschen unter ihm gingen unbeirrt ihrer Wege. Der Stand senkte sich langsam ab.

„Lass das, du verletzt noch jemanden", keifte der Erzähler und trat gegen die Seitenwand. Doch irgendwie schienen sich Stand und Menschen zu arrangieren. Die Leute schauten unbeeindruckt nach oben, während sich ihnen der Stand näherte. Viel fehlte nicht mehr, als der er plötzlich mit einem Ruck anhielt, in direkter Nachbarschaft zu einem weiteren fliegenden Händler.

„He!", blökte es dicht neben ihm. „He! Was hast'n anzubieten? Hab auf deine Auslegeware geschaut, kann nichts entdecken. Heiße Luft, oder was? Heiße Luft, harharhar!"

Dem fettleibigen Wurstwarenfachverkäufer, der seine fleischigen Arme in die Hüften stemmte und unter dessen verschmierter Schürze dichtes Brusthaar vor sich hin vegetierte, schien seine banale Metapher gefallen zu haben. Obwohl er keinen Schimmer hatte, was eine Metapher war.

„He!", rief er erneut.

„Was denn?", fragte Laber-Ra-Barbar genervt. Er kam sich fehl am Platze vor.

„Kann ich dir nicht was anbieten? Leberwurst vielleicht? Muss ja auch sehen, wo ich bleibe und heute war kein guter Tag, weißt du. Zu Hause wartet sicher schon meine Alte. So wie ich die kenne, steht die schon mit dem Knüppel hinter der Tür. Ich sag dir, die kennt kein Erbarmen. Wenn du nichts nach Hause bringst, fängst du dir eine. Siehst du die Narbe hier? Ich hab wirklich nix zu lachen mit dem Weib. Ach was, nix für ungut, musst ja nix kaufen."

Der Erzähler warf einen verstohlenen Blick auf die Ware des Wurstschwätzers. In der Tat hatte er seit Längerem nichts gegessen und sein Magen schien Gefallen an dem zu finden, was ihm die Augen zeigten. Sein Gehirn vollbrachte sogar die Glanzleistung, die Fliegen zu ignorieren, die sich vom Reifegrad der Wurst angezogen fühlten. Er leckte sich die Lippen und vergaß bei allem Hunger seine Naivität. Der Weg für den wortschwangeren Wurstverkäufer war frei.

„Sag mal", sagte der mit vorgehaltener Hand und rauer Stimme, „hat dich schon mal ein Knüppel in der Kniekehle erwischt? Ganz schön erniedrigend, auf diese Weise vor einer Frau in die Knie zu gehen! Harharhar! Das haut rein." Sein Lachen grollte wie eine Lawine über sie hinweg und wurde plötzlich von einem sorgenvoll-ernsten Blick abgelöst. „Aber was soll's. Bald kann ich erste Gehversuche unternehmen, sagen die Ärzte. Frauen, ich kann dir sagen. Aber vermutlich habe ich Glück. Eine andere hätte vielleicht schon geschossen! Schlimmer noch, womöglich sogar getroffen!" Er wartete einen kurzen Moment, in dem er seinen Gegenüber musterte.

„Aber ach, was klag ich dir mein Leid, mein alter Freund. Ich möchte dir nicht länger ein Klotz am Bein sein. Du bist jung, gesund und willst weiter. Sorge dich nicht, mach was aus deinem Leben, lass das mit dem Handel, das ist nichts für einen jungen Burschen wie dich."

Laber-Ra-Barbar fragte sich, ob der Mann wohl mehr Zeit mit Reden als mit Verkaufen verbrachte. Ein Gefühl der Verbundenheit machte sich in dem Erzähler breit, während er in seinem Unterbewusstsein ein Warnsignal verdrängte.

„Vier von den Leberwürsten. Und gib mir noch drei Ringe von der Treibjagdwurst dazu. Hast du auch Brot?"

„Ha, mein Freund, Ehrensache, das gibt's gratis dazu", erwiderte der andere und flog etwas dichter an Laber-Ra-Barbar heran. Während er gemächlich die Wurst einpackte, wanderte sein Blick in die Ferne. „Hab ich dir schon von meinen zwölf Kindern erzählt?", fragte der Verkäufer verträumt. „Bärbel, Fronk und Talia. Danach ging uns das Geld aus und wir konnten keine weiteren Namen anmelden. Die anderen heißen Vier, Fünf, Sechs und so weiter. Wirklich süß, die kleinen Scheißer. Sind mein Leben, weißt du?"

Laber-Ra-Barbar wusste nicht, war aber gerührt.

„Sonst geht es ihnen aber gut", fuhr der Mann fort, der aus so viel Fleisch bestand und von so viel Fleisch lebte. „Na ja, also meistens jedenfalls. Eine Schürfwunde hier, ein Ekzem dort, mal ein blaues Auge, ein Knochenbruch, klar, die wollen auch mal spielen, wenn sie von der Arbeit kommen. So ein Haushalt verschlingt das Geld wie nix. Es rinnt dir so schnell durch die Finger, dass du es nicht mal zählen kannst." Er schniefte auffällig, bevor er weiterredete.

„Aber sie lernen viel im Steinbruch. Über Kameradschaft und so. Wie wichtig das ist, wissen ja gerade wir fliegenden Händler, was? Klar, so ganz wohl ist mir auch nicht, wenn der kleine Elf abends nach Hause kommt und sich den Staub aus der Lunge hustet. Aber unsere Familie ist groß und wir brauchen das Geld ..."

„Kommt nicht infrage", knüpfte der Erzähler, der sich an die Aufgabe des Zuhörens noch gewöhnen musste, weiter vorn an. „Ich zahle alles – auch das Brot. Und gib mir noch die gepökelte Rinderhälfte, so was hält sich doch, oder?"

Er überlegte, woher dieses ungute Gefühl kommen mochte, das ihn nun immer deutlicher beschlich, während sein Stand sich zusehends füllte. Nachdem sie auch die eingemachte Schweinssülze und noch mehr von dem beinahe frischen Brot verladen hatten, machten sie sich daran, sich zu trennen.

„Ach was, ich bestehe darauf!", rief der Erzähler, nachdem er ihn mit einem stattlichen Teil seiner über die Jahre gesparten Münzen bezahlt hatte. „Behalt den Rest. Und grüß die Familie von mir!"

Wie konnte die Welt nur so ungerecht sein? Er selbst hatte stets genug. Essen, Wärme, Freunde. Und der arme Kerl? Hatte allenfalls genug Sorgen. Und Kinder. Und Wurst.

Laber-Ra-Barbars Stand ächzte unter der Gutmütigkeit seines Steuermanns und der Wurstverkäufer zählte fröhlich sein Geld auf dem Weg zur nächsten Kneipe.

Kurze Zeit später flog der Erzähler durch das Gewirr fliegender Teppichhändler und hielt sich die Ohren zu, um den Lockrufen zu entgehen. Er war wahrlich kein guter Geschäftsmann und hoffte, der Stand wusste, wie er ihn da heil herausmanövrieren konnte. Das magische Gefährt bog zackig in eine der vielen Seitengassen, verlor etwas an Höhe und bog schließlich in eine weitere, ruhigere Gassen ein. Sie war besonders schmal, schmaler noch als die übrigen, sodass der Stand gerade so hindurchfliegen konnte.

Bürgerliche Reihenhäuschen, zwei, drei Stockwerke hoch, liebevoll hergerichtet und mit bunten Fensterläden bestückt, säumten beide Seiten. Sie ließen nur wenige enge Lücken, in denen kleine Rinnsale flossen. Ein paar Wildrosen reckten ihre Köpfe stolz empor und kunstvoll gestrichene kleine Bänke reihten sich entspannt an den Hauswänden auf. Grobes Kopfsteinpflaster bedeckte die Straße und aus den Kanaldeckeln stieg Rauch in mannigfacher Form und Schattierung. Die Atmosphäre konnte sich nicht recht entscheiden, ob sie sich gemütlich oder gefährlich geben sollte.

Ein plötzlicher Ruck ging durch den Stand als er an einem sandsteinfarbenen Haus mit baufälligem Dach zum Stehen kam. Laber-Ra-Barbar schaute sich um. Er grinste zu einer kleinen schwarzen Katze, die sich an dem Schild schubberte, das vor der Tür des Hauses auf der Straße die Passanten begrüßte. Unter dem Namen *Studiosus Kuriositäten* stand in Schreibschrift: *Nichts für Jedermann – Alles und Nichts für Niemanden.*

Darunter folgte in deutlichen roten Lettern: *Greifen sie zu.*

Und noch etwas größer: *Na los!*

Vorsichtig wollte Laber-Ra-Barber aussteigen, musste aber zunächst überlegen, wie er das anstellen sollte. Die Straße war gut bestückt mit allerlei Auslagen, Blumenkübeln, einigen

Sitzgelegenheiten und einer Reklametafel, sodass der Stand in aller Seelenruhe und in etwa drei Metern Höhe verharrte. Während er sich umsah und in seinen Gedankengängen nach einer Lösung suchte konnte Laber-Ra-Barbar beobachten, wie ein kurz gebauter Mann mit interessanter Kopfform aus dem Laden kam, sich umblickte und wieder im Dunkel des Inneren verschwand, ohne den Erzähler zu beachten.

In dem Moment, als Laber-Ra-Barbar gerade an dem Versuch scheiterte, sich über die Brüstung des Standes herabzulassen, schossen dem Erzähler wenig hilfreiche Gedanken durch den Kopf: Hätte er doch häufiger Sport getrieben. Oder wäre er öfter mal auf Bäume geklettert, statt nur Geschichten darüber zu lesen, wie andere Jungen in seinem Alter das taten. Er sah schon die Schlagzeilen in den städtischen Gazetten: *Junger Mann brutal – und idiotisch – zu Tode geklettert.*

Welch unrühmlicher Abgang.

Er hielt sich verkrampft an der Brüstung fest, die Füße baumelten in beängstigender Höhe. Die Theorie war so einfach: Loslassen, auf den Füßen landen, sofort in die Hocke und über die Schulter abrollen. So hätte es Storck van Hinten gemacht, der Held einer seiner Lieblingsgeschichten. Doch in der Einfachheit lag die Tücke – für den Ungeübten war die Umsetzung der Theorie meist mit Schmerzen verbunden. Wenigstens blieb ihm noch etwas Zeit. Der Laden war nach wie vor geöffnet.

Ein klapperndes Geräusch riss ihn aus seinen Gedanken. Unter sich erblickte der baumelnde Erzähler erneut den kleinen Mann und schaute ihn genauer an. Sein auffällig ovaler Kopf war mit einer skurril geformten Brille bestückt und kam glänzend ohne haarige Bedeckung aus. Seine lange karierte Hose, die möglicherweise auch eher fleckig sein mochte – von oben schwer zu sagen –, war mit einigen außerordentlich gefüllten Taschen versehen. Er war von untersetzter Statur, wirkte aber insgesamt – *fest* war das beste Wort, das dem Erzähler dazu einfiel. Sein strammer Bauch füllte ein dreckiges T-Shirt, auf dem geschrieben stand:

Gibt's nicht, geht nicht.

Besorge alles.

Geld spielt eine Rolle.

Er klappte die Reklametafel zusammen, die vor seinem schranzigen Laden auf- und abgegangen war.

„Feierabend Alfons", sagte er und seine knarzige, etwas zu hohe Stimme wirkte unwirklich und einnehmend zugleich. Er löste die Kette, die das Schild am Fortlaufen hinderte, und trug es hinein.

Feierabend?

Laber-Ra-Barbar blickte erschrocken zum Himmel. Die Sonne erfreute sich und alle übrigen mit voller Präsenz.

„Feierabend? Um die Zeit? Ich hab noch einen Mörder zu fangen! He!", rief er dem Mann nach.

„Wie konntest du nur?", rief der Junge durch den Kreis-Saal.

„Was soll das denn heißen? Ich hab nichts anderes getan, als schwanger zu sein."

„Phänomenal", warf der Arzt begeistert ein, der durch die entbrannte Diskussion aus der Ohnmacht zurückgekehrt war.

„Phänomenal?", rief das rasch wachsende Neugeborene aufgebracht. „Ich finde das total doof!"

„Ein unglaublicher Wachstumsschub, medizinisch völlig unerwartet und grandios. Und unmöglich noch dazu, wenn ich es mir genau überlege", stammelte der Arzt und legte mehrfach das Maßband an. Das Neugeborene war stolze

49cm gewachsen – und das nur in der letzten halben Stunde. Ein sauberer Seitenscheitel mit kleinem Stehberger am Hinterkopf war auf dem besten Wege und der Stimmbruch schon am Abklingen.

„Ich will spielen!" Trotzig schaute der Junge seine Mutter an. „Und Schokolade."

„Mein Junge", sagte sie sanft, selbst noch gefangen in der Verwirrung, die der Moment über sie gebracht hatte. „Das sind ja gleich zwei Dinge auf einmal. Und ich habe kaum Geld. Na, wir schauen mal, später kaufe ich dir vielleicht etwas."

„Später, später", äffte er sie nach. „Willst dir meine Zuneigung wohl erkaufen, was?"

„Aber nicht doch", wehrte sie ab und versuchte, seine Mischung aus kindlichem und mittlerweile jugendlichem Denken und Handeln auf die Reihe zu bekommen. „Ich werde für dich da sein, mit dir spielen, Schokolade besorgen – versprochen."

„Mama, nie hast du Zeit. Ich will jetzt spielen, nicht später." Er wurde rot und blau, Tränen flossen über seine Wangen, als er unter der Wucht der Situation zusammenbrach.

„Na hör mal." Folker seufzte etwas verwirrt. „Ich muss arbeiten, den Haushalt schmeißen."

„Wie wär's, mein Junge, wenn du erst einmal hier bei uns bleibst", mischte sich Dr. Kabelschnur ein, während er die Herztöne abzuhören versuchte. „Wir haben hier viele spannende medizinische … Spielsachen. Wir müssen – können – so viel voneinander erfahren. Na, hast du nicht Lust darauf?"

„Auf keinen Fall!", mischte sich Folker ein.

„Auf jeden Fall!", rief ihr Sohn im gleichen Moment.

„Wir könnten deinen Körper durchleuchten. Und all die elektronischen Spielgeräte ausprobieren. Na? Wäre das nicht großartig?", fuhr der Arzt fort und fuchtelte dabei mit wenig sympathischen Strippen herum.

„Au ja, darf ich Mutti?" Mit großen Kulleraugen blickte der Junge zu seiner Mutter.

„Kommt nicht infrage", erwiderte sie im ängstlich forschen Tonfall. „Du wurdest gerade erst geboren, ich muss dich erst einmal großziehen … Äh, auf diese Welt vorbereiten."

„Och Manno, Mutti, ich bin schon beinahe erwachsen und habe noch nie spielen dürfen."

„Frau Folker", schaltete sich der Arzt ein, „tun Sie Ihrem Kleinen doch den Gefallen. Er ist schließlich schon ein großer Junge. Und wir passen hier gut auf ihn auf."

„Kommt nicht infrage", wiederholte sie. „Solange du deine Füße unter meinen Tisch steckst …", setzte sie zu einem Schlussapell an und erschrak. Niemals hätte sie gedacht, dass sie diesen dämlichen Satz selbst einmal aussprechen würde.

„Noch nie habe ich meine Füße unter deinen Tisch gesteckt", kam es scharfzüngig zurück.

Folker erhob sich aus dem eigenen Bett, stöhnte dabei auf, trat an das Bett ihres Sohnes und fasste ihn mit beiden Händen an den Schultern.

„Sieh mal, mein Schatz, wir müssen noch so viel nachholen", sagte sie liebevoll und erntete fragende Blicke. „Na ja, laufen lernen, einen Namen für dich finden, dich beim Einwohneramt anmelden. Und … so weiter." Bei dem Gedanken an noch mehr Bürokratie lief ihr ein Schauer über den Rücken und verschwand durch den Türspalt im Vorzimmer.

„Wie wäre es mit Eis?", fragte Kabelschnur hinterlistig. Die Aussicht auf Ruhm ließ ihn allzu deutlich zum Kinderfreund avancieren.

„Wir müssen schnellstens Schule und Erziehung nachholen", legte Folker im Ringen um die Gunst des mittlerweile jungen Mannes nach. Doch die Sorge um die

Zukunft ihres Kindes ließ sie zu schnell den mahnenden Zeigefinger erheben. Was dachte sie nur. Welches Kind ließ sich mit Erziehung locken?

„Ich will Eis!", rief ihr Sohn und stampfte störrisch mit dem Fuß auf.

„Phantastisch dieses Kind!", rief Kabelnschnur und rieb sich gedanklich die Hände. Die Zeit war gekommen, den wissenschaftlichen Durchbruch zu erzielen, der ihm zu Ansehen, Geld und falschen Freunden verhelfen würde. Das, wofür er sich all die Jahre krumm gemacht hatte, wurde ihm auf einem Silbertablett präsentiert, wenn nicht gar auf einem goldenen.

„Mutti, Laufen kann ich bereits, Schule und Erziehung können wir nachholen. Und auf das Anmelden scheiß ich", versuchte er, seine Mutter zu besänftigen.

„He! Nicht in diesem Ton", entgegnete Folker entrüstet. „Du sprichst immerhin mit deiner Mutter."

„Nana", Dr. Kabelschnur kramte einen diplomatischen Gesichtsausdruck aus seinem Mimik-Repertoire hervor. „Wie wäre es denn, wenn Ihr Sohn zunächst ein paar Tage hierbliebe? Sie können ihn jederzeit abholen. Oder besser noch: Wir bringen ihn sofort zu Ihnen, sollte er keine Lust mehr haben. Hier in der Stadt können wir ihn doch vortrefflich inspizi- … sozialisieren."

Folker ließ sich erschöpft in einen Stuhl fallen und fing dabei den flehenden Blick ihres Großen auf.

„Sozialisieren." Sie stöhnte.

„Einen Mörder fangen, hm?" Studiosus war wieder im Eingang erschienen. Das klang durchaus kurios und er fragte sich, wie dieser unbeholfene Trottel auf die Idee kam, einen

Mörder zu suchen. Geschweige denn zu fangen. „Von da oben wird das allerdings schwierig!", rief er Laber-Ra-Barbar zu.

„Sehr witzig", klang es gequält vom Stand herab. „Ich hatte auch nicht vor, hier oben meinen Lebensabend zu verbringen."

„Ach ja?" Der Verkäufer strich über seinen sorgfältig missachteten Sechs-Tage-Bart und schmunzelte , was sich als wohlgeformter Rülpser artikulierte.

„Sauber", lobte Laber-Ra-Barbar ironisch.

„Danke. Jahrelange Übung. Es ist schon kurios, die Sache mit dem Rülpsen."

„Ach ja?" Der Erzähler hatte sich mittlerweile hochgezogen, sodass er sich mit den Ellenbogen auf dem Stand abstützen konnte, was seine Situation zumindest kurzfristig erträglicher gestaltete. Der Geruch der Treibjagdwurst machte zudem Appetit.

„Meine Eltern haben es mir beigebracht, da war ich noch ganz klein."

„Merkwürdig", erwiderte der Erzähler. „Meine haben mir immer beigebracht, mich in der Öffentlichkeit zu benehmen."

„Öffentlichkeit?" Studiosus schaute sich in der menschenleeren Gasse um und grinste hämisch. „Bescheiden, Sie bezeichnen sich als Öffentlichkeit. Genau das meine ich aber. Erst bringen sie einem bei, ein Bäuerchen zu machen, nachdem sie einem einen undefinierbaren Brei eingetrichtert haben. Und nur wenige Jahre später trichtern sie einem ein, dass so ein Benehmen keine angemessene Umgangsform sei. Dabei gibt es so interessante Facetten dieser post-futteralen Artikulation. Angefangen vom anerkennenden Lecker-Rülpser über die sauber komponierte Oral-Operette bis zum ausgewachsenen Völle-Orkan. Der ist allerdings weniger fein."

Laber-Ra-Barbar räusperte sich überdeutlich. „Das ist wirklich sehr interessant", sagte er kurz angebunden, obwohl er das durchaus ernst meinte. Aus diesem Blickwinkel hatte er das Thema noch nicht betrachtet. Doch momentan wollte er sich lieber damit befassen, wie er weniger lebensgefährlichen festen Boden unter den Füßen erreichte. „Wie gesagt, ich hatte nicht vor, hier meinen Lebensabend zu verbringen", wiederholte er. „Wenn Sie so nett wären, mir dabei behilflich zu sein, wieder wichtigeren Dingen nachzugehen, als an einem schwebenden Marktstand hängend über Umgangsformen zu debattieren, wäre ich Ihnen sehr verbunden. Meine Zeit ist knapp."

„Gut, dass Sie das ansprechen, denn das ist ebenfalls sehr kurios, die Sache mit der Zeit."

Der Erzähler stöhnte und rutschte mit den Ellenbogen vom Stand. Er blickte ängstlich unter sich und bemerkte die plötzliche Abwesenheit des Ladenbesitzers. Aus dem Inneren des Ladens hörte er dumpf Worte und Rumpeln. Oder umgekehrt.

„Super", murrte er, „Feierabend." Schweißperlen standen auf seiner Stirn und genossen den lauen sommerlichen Abend, während er weiter abwärts rutschte. Gleich würde er den Halt verlieren. Aufs Pflaster schlagen. Sich die Knochen brechen. Es sei denn er spürte plötzlich ... etwas haltbares unter seinen Füßen. Tatsächlich. Laber-Ra-Barbar atmete auf, froh, einen festen Stand und ein feines Wortspiel gefunden zu haben. *Haltbar, dass muss ich mir merken,* dache er bei sich, während er die stattliche Stehleiter bestaunte, die Studiosus unter ihm aufgebaut hatte.

„Denn wenn wir sagen, die Zeit sei knapp, setzt das ja voraus, dass sie begrenzt ist", fuhr der Mann unter ihm unbeirrt fort, als wäre er nie weg gewesen. „Aber wodurch, frage ich?"

„Im Allgemeinen durch den Tod", beantworte der Erzähler die Frage, während er dankbar herabstieg.

„Im Allgemeinen ist das korrekt", führte Studiosus das Gedankenspiel unbeirrt fort. „Jedoch ist das Allgemeine das, was die Mehrzahl der Leute denkt, wenn sie gerade nichts Besseres zu tun hat. Das allein sagt noch nichts über die Richtigkeit des Allgemeinen aus." Er räusperte sich und hielt die Leiter fest, um dem Abstieg des Erzählers zu sichern. „Wer außerdem den Tod ins Spiel bringt, lehnt sich ohnehin ganz schön weit aus dem Fenster. Kennen Sie jemanden, der nach seinem Tod berichtet hätte, dass nach dem Ableben nicht vielleicht doch noch mehr auf uns wartet? Unsere Zeit somit lange nicht abgelaufen ist?"

„Ja", kam es kurz zurück.

Studiosus stutzte.

„Danke", fügte der Erzähler hinzu, der seinen Retter nun da hatte, wo er ihn haben wollte. Studiosus hatte seinen Wortschwall unterbrochen und Laber-Ra-Barbar fragte sich, ob sich seine Zuhörer auch so übermannt fühlten?

Neugierig begann der Ladenbesitzer, die Leiter zusammenzuklappen. Laber-Ra-Barbar staunte nicht schlecht, als sie schließlich so kompakt war, dass man sie bequem in einer Hosentasche verstauen konnte.

„Kurios, was?", fragte der bauchige Mann grinsend und geleitete den Gast nach drinnen. „Aber nun erzählen Sie mir mehr von dem Toten", fügte er neugierig an und hängte ein Schild in die geschlossene Tür: *Der Laden ist morgen wieder geöffnet. Wenn er mag.*

So groß gewachsen, wie ihr Erst- und Einziggeborener zur Welt gekommen war, so rasch hatte sich Folker von den Strapazen der Geburt erholt.

„Wie soll er denn heißen?, fragte Dr. Kabelschnur.

„Bitte?", entgegnete Folker.

„Ihr Sohn, wie soll er heißen?"

Die Frage war so banal, dass sie die frisch gebackene Mutter überforderte. „Äh", stammelte sie im Schweiße ihres Angesichts.

„Volker, ich heiße Volker!", rief ihr Sohn strahlend.

„Kommt nicht infrage. Ich bestimme, wie du heißt", wies sie ihn irritiert zurück. „Und was ist das überhaupt für ein Name?"

„Wieso, so heißt du doch auch? Andere Namen kenne ich keine. Das steht zumindest hier auf deinem Krankenblatt."

„Das ist etwas anderes."

„Was denn?", fragte der Junge.

„Meinen Namen haben mir meine Eltern gegeben, da habe ich nicht widersprochen. Eltern geben Kindern Namen, so ist das eben."

„Deine Eltern haben dich Folker genannt?"

„Nein, Felicitas."

„Ah." Volker nickte ungläubig. „Und du bestimmst nun meinen Namen, weil man das eben so macht? Oh Mann, wie doof ist das denn?"

„Das ist nicht doof, das ist … eben so. Und was soll überhaupt diese Diskussion?", rief sie erzürnt. „Wir packen jetzt unsere Sachen und gehen."

„Also Sie scheinen ja recht fit zu sein, aufgrund seiner rasanten Entwicklung würde ich aber Volk-", auf ihren strafenden Blick hin korrigierte er sich, „Ihren Sohn gerne noch ein paar Tage unter Beobachtung halten." Der Arzt rieb sich die nach Ruhm greifenden Hände. „Nur zu seiner Sicherheit", fügte er beschwichtigend an.

„Au ja, darf ich noch etwas bleiben?", fragte der Neugeborene aufgeregt.

„Nein, auch das kommt nicht infrage", stieß sie hervor.

„In welche Frage?", erwiderte Volker.

„Wir gehen zuallererst nach Hause, basta."

„Och Mensch, Mutti."

„Ich will nur sicherstellen, dass seine Organe ordnungsgemäß arbeiten, das rasche Wachstum wirft schließlich einige Fragen auf. Es geht ja nur um ein paar Tage", drängte sich der Arzt noch einmal mit vielsagendem Blick auf. Im Zuge ihrer Erschöpfung fiel es Folker jedoch schwer, genau hinzusehen.

„Na gut, du darfst bei Dr. Kabelschnur bleiben, dich hier umsehen und spielen." Noch wusste sie nicht, ob das eine gute Idee war.

„Danke Mutti!" Er fand die Idee außerordentlich gut.

„Ich werde ein Auge auf ihn haben." Der Arzt fand die Idee noch besser und klopfte dem Jungen freundschaftlich auf die Schulter. Irgendetwas in ihrem Unterbewusstsein befürchtete genau das und meinte, ihr reinreden zu müssen. Vermutlich ihr Gewissen. Dummerweise hörte sie gerade nicht zu.

„Aber sei brav und mach keinen Ärger!" Sie meinte es nur gut.

„Ja, Mutti." Innerlich feuerte er sie an, damit sie endlich ging.

„Rühr keine Geräte an und komm vor Einbruch der Dunkelheit rein, wenn du draußen spielst", konkretisierte sie ihre Sorge.

„Mutti! Ich bin schon …" Er warf einen Blick zum Arzt.

Der schnappte sich eifrig das Maßband und legte an. „1,50m."

„Ich bin schon 1,50m groß und kann gut auf mich aufpassen", untermauerte er seine Selbstständigkeit.

Folker war erschöpft. Erziehung war weitaus anstrengender, als es einem die Leute weismachen wollten. Wahrscheinlich war es besser, dass man sich dessen erst gewahr wurde, wenn es zu spät war. So sicherte die Evolution ein voreiliges Aussterben des Menschen aus reiner Bequemlichkeit.

Etwas bedrückt verließ Folker das Krankenhaus und schlurfte durch die Straßen zu der kleinen Pension, in der sie sich einquartiert hatte, um in der Nähe ihres Sohnes zu bleiben. Das geschäftige Treiben um sie herum nahm sie nur verschwommen wahr, zu sehr war sie mit ihren Gedanken rund um Kinder und deren Erziehung beschäftigt. Müde und abgeschlagen ließ sie sich auf das Bett ihres schmuddeligen Zimmers fallen. Es ging alles viel zu schnell. Etwas mehr Zeit zur Erziehung käme ihr gelegen. Wie konnte es überhaupt sein, dass das Aufwachsen ihres Sohnes derart rasch vonstattenging?

Sie dachte an das Intermezzo mit dem Fremden zurück – mit ihrer einzigen Liebe. So kurz es gewesen war, so schön war es auch. Was spielte die Dauer in der schönsten Zeit des Lebens schon für eine Rolle? Wie viele Menschen konnten überhaupt eine schönste Zeit des Lebens vorweisen?

In Anbetracht der sonderbaren Umstände, die zur Schwangerschaft geführt hatten, wen wunderte da schon der gleichsam merkwürdige Verlauf der Geburt?

Ihr Blick wanderte an den abgewohnten Wänden mit ihren traurig herabhängenden Tapetenresten entlang und blieb an einem lädierten Bilderrahmen kleben. Darin schlummerte wohl schon seit vielen Generationen ein mittlerweile verblichenes Bild. Darauf abgebildet war offenbar einer dieser schönen Momente, der Beleg eines guten Lebens, den man unbedingt festhalten möchte: Eine Frau und ein Mann saßen in feierlicher Garderobe freudestrahlend nebeneinander, auf ihren Knien zwei Kinder, klein, frech, adrett. Auch sie strahlten.

Ganz schön kitschig. Und irgendwie ganz schön … schön, dachte sie. Es wirkte echt und machte Mut. Und Lust. Lust auf Familie mit allem Drum und Dran: Liebe, Geschlechtsverkehr, Schwangerschaft, Geburt, Aufzucht und Hege, Zoff und Essensreste auf dem Fußboden.

Morgen würde sie wieder nach ihm schauen und in dem Fall, dass Dr. Kabelschnur ihn an diese Kabel angeschlossen oder zweifelhaften Untersuchungen unterzogen haben würde, würden sie umgehend die Stadt verlassen.

Unruhig schlief sie ein.

Der Mond leuchtete kraftvoll durch die flatterhaften Gardinen und schaute besorgt auf die im Allgemeinen ruhende Stadt. Doch das Allgemeine – das wusste er nur zu gut – war nur das, was man gemeinhin anzunehmen pflegte. Er kannte die zahlreichen Ecken, in denen die Stadt niemals zur Ruhe kam. Und in dieser Nacht war eine Ecke hinzugekommen. An einer Stelle, wo sie eigentlich nicht hingehörte.

Der Laden lag im Dunkeln, sodass die ohnehin großzügig verteilte Enge in den verwinkelten Räumen und Ecken noch weiter zunahm.

Wie ein verkleinertes Abbild der gesamten Stadt lud dieser Laden zum Verlaufen ein. Das verschaffte Studiosus nicht selten die Gelegenheit zu effizienten Verkaufsgesprächen. Er führte seine Interessenten, die noch nicht wussten, dass sie in Kürze Kunden sein würden, durch diesen oder jenen Raum, schleuste sie durch Gänge und über Treppen, um ihnen Kurioses aus aller Welt zu zeigen. Ausnahmslos alle verließen sich mit einer Mischung aus Neugier und Angst auf seine

Führungsqualitäten, da sie sonst ihren Lebensabend hier verbringen müssten.

Die meisten verließen ihn schließlich mit einem neu erworbenen Gegenstand, von dem sie ihr Leben lang etwas hatten. Und sei es nur die Überlegung, was um alles in der Welt sie damit anfangen sollten.

Es gibt schlechtere Arten, sich die Zeit zu vertreiben, befand der Ladenbesitzer. Unkraut jäten zum Beispiel.

Aus einem der zahlreichen Räume drang gedämpftes Licht, die Wärme eines Kachelofens sowie der Geruch einer herrschaftlichen Portion Bratkartoffeln. Die beiden dazugehörigen Herrschaften hatten sich um einen Holztisch versammelt, der trotz seiner zwei Beine wackelig stand. Laber-Ra-Barbar hatte sich rasch daran gewöhnt, dass hier nichts gewöhnlich war, wunderte sich aber dennoch, weshalb er nicht einfach umfiel.

Studiosus schob seinen Teller beiseite.

„Kurios, nicht?" Wieder grinste er und klopfte auf Holz. „Toi toi toi. Noch nie umgefallen das gute Stück." Er stopfte sich eine knubbelige Pfeife, deren leise Pfiffe dank des Tabaks verstummten.

Der Erzähler beschloss, sich auch darüber nicht mehr zu wundern. So etwas hätte er sich auch im Rahmen einer seiner Geschichten ausdenken können. Eine pfeifende Pfeife? Warum nicht.

„Onne Saife also? Hm", nuschelte Studiosus in seine Pfeife.

„Wir sind zusammen zur See gefahren. Also eigentlich ist er gefahren. Ich bin lediglich mitgefahren." Laber-Ra-Barbar hatte seinem Gegenüber die Geschichte seines besten Freundes erzählt. „Er war ein Pirat", fügte er voller Stolz hinzu. Er hatte sich in seiner Erzählung auf den Tod seines besten Freundes und ihr anschließendes Wiedersehen konzentriert. Was ihm die umfassende Aufmerksamkeit seines Gegenüber beschert hatte.

„Sehr kuriose Geschichte, ich sollte dich hierbehalten", murmelte der Verkäufer. „Zu verkaufen habe ich ja beinahe alles. Ein paar gute Geschichten allerdings würden mein Repertoire bereichern. Hm." Er paffte genüsslich und stieß dicke Ringe in die Luft. Gefolgt von Quadraten.

Wie es sich für einen Kuriositätenhändler gehört, dachte Laber-Ra-Barbar.

„Nun bin ich wohl dran."

Endlich war es so weit. Sobald der Erzähler die Neugier des kleinen Mannes geweckt hatte, hatte er ein Geschäft aushandeln können: eine Information gegen eine kuriose Geschichte. Und jetzt war die Zeit der Information gekommen. Die räkelte sich noch im Hinterstübchen des Ladenbesitzers, ohne zu wissen, dass sie wenig später für Aufregung sorgen würde.

„Ein Mord also? Bin gespannt, wie ich dabei behilflich sein kann", sagte Studiosus und beugte sich zu Laber-Ra-Barbar vor.

„Richtig, ein Mord. Die Spur beginnt bei meiner Mutter", sagte der Erzähler.

„Die Ermordete."

„Korrekt. Gott segne sie. Oder wer auch immer dafür zuständig ist. Sie. Oder es."

„Auch so ein Kuriosum", warf der Ladenbesitzer ein.

„Am Sterbebett meiner Mutter fand ich eine Notiz", fuhr Laber-Ra-Barbar fort und hielt seinem Gegenüber den Zettel unter die Pfeife.

Der Mann zog die Augenbrauen hoch, während ein Ruck durch ihn fuhr, an der Information in seinem Hinterstübchen rüttelte und schließlich im Dunkel eines Gedankenflurs entwischte.

Der Erzähler redete weiter: „Ich habe den Feingliedrigen aufgesucht. Er erzählte allerlei über die Zeit. Das war recht seltsam. Vielleicht sollten Sie einmal mit ihm reden, Sie hätten Ihre helle Freude." Er grinste bei der Erinnerung an das Gespräch.

„Die wurde mir bereits zuteil", murmelte Studiosus.

„Sie sind ihm also begegnet? Fein, denn er hat mich zu Ihnen geschickt."

„Zu mir?"

„Ich sollte bei Ihnen nach *ihr* fragen."

Studiosus sprang auf. *„Sie!"*, rief er heißer. „Ja, *sie* war hier. Eine Weile. Aber ein Mann hat *sie* mitgenommen. Und das war auch gut so. Etwas Kurioseres ist mir in meiner Laufbahn nie untergekommen. *Sie.*"

Er schritt aufgeregt auf und ab, trat schließlich an Laber-Ra-Barbar heran, zerrte ihn vom Stuhl und schob ihn murmelnd vor sich her durch die dunklen Flure.

„Sie müssen nun gehen. Eine Information wollen Sie? Ha. *Sie*, ständig macht *sie* einem Ärger und Vorhaltungen. *Sie*", sagte er gedehnt, *„sie* drängelt, drangsaliert und nervt. *Sie* nervt so kolossal. Nichts mehr mit ihr zu tun zu haben, das habe ich mir vorgenommen. Auf Wiedersehen."

Der Erzähler versuchte, sich gegen den abrupten Rauswurf zu wehren, hatte der kleinen Kraftkugel jedoch nichts entgegenzusetzen.

Auf der Straße rief er: „Wir haben eine Abmachung! Sie wollen doch Ihr Wort nicht brechen?!"

Studiosus steckte den Kopf noch einmal durch die Tür und blickte hektisch umher. „Also gut: Ein Mann hat *sie* mitgenommen. Ein Reisender. Überall und nirgends ist er. Aber sicher kommt er irgendwann zurück. Auch die Rastlosen haben Stationen, die sie immer wieder anlaufen. Gierig ist er, schlecht vielleicht. Er wird Sie ansprechen, wenn er etwas braucht. Und das tut er ständig. Nehmen Sie sich in Acht. Er ist unberechenbar. *Sie* hingegen, *sie* ist berechenbar. Und das ist noch viel schlimmer!" Die Tür fiel ins Schloss.

Laber-Ra-Barbars Augen mussten sich erst ans Dunkel gewöhnen.

Super, dachte er resigniert. Nicht nur, dass er zu viel Zeit damit verloren hatte, nur schwammige Details zu erfahren, er wusste auch nicht, was er mit dem metallenem Gegenstand anfangen sollte, den er Studiosus abgekauft hatte. Aus welchem Grund er ihn erworben hatte, konnte er schon nicht mehr sagen.

Er blickte zu dem Marktstand hinauf, der ruhig auf ihn zu warten schien.

Super, dachte Laber-Ra-Barbar erneut. *Wie um alles in der Welt soll ich da raufkommen? Und wie finde ich überhaupt aus der Stadt raus?*

Ein letztes Mal öffnete sich die Tür neben ihm und ein Holzgegenstand landete klappernd vor seinen Füßen.

„Und achten Sie auf das Ticken!"

Dann war er endgültig allein im Dunkel und betrachtete dankbar die Klappleiter. Es würde ihn einige Mühe kosten, dieses komplizierte Holz-Origami zu entfalten, doch es war die einzige Möglichkeit, auf den Stand zu gelangen. Sollte es eines magischen Hokuspokus bedürfen, den man mit komplizierter Verbalakrobatik oder umständlich gestikulierend inszenieren musste, so wäre eine Anleitung ganz schön gewesen. Doch nichts dergleichen. Das Schicksal hatte eine bittere Freude an der Ironie, seine Opfer in den undankbarsten Situationen zum Lernen zu zwingen. Handwerk und Fingerfertigkeit waren seine schlechtesten Fächer.

Während Laber-Ra-Barbar einigermaßen ungeschickt versuchte, die Klappleiter zu entfalten, dachte er über seinen möglichen nächsten Schritt nach. Weit war er bisher nicht gekommen.

Von ihm unbemerkt huschte weit entfernt eine gnomhafte Gestalt durch die Gassen, deren Zähne im Mondlicht aufblitzten, und die sich ihrerseits auf die Suche gemacht hatte.

NEUN

VERFLUCHTER SEGEN

Manchmal dachte Raff-Ael an die Dinge zurück, die er ohne diese Zeitreisen nie erlebt hätte: Sex, Drogen und Roibuschtee. Und dabei hatte er auch noch so viel Zeit gespart.

Viele kamen ihr Leben lang nicht von dem Ort fort, an den ihre Geburt sie verschlagen hatte. Er hingegen konnte den Luxus genießen, schon so ziemlich alles gesehen und erlebt zu haben: Abenteuer in fernen Ländern, fremde Kulturen voller Stolz und Erhabenheit, Krieger von außergewöhnlicher Loyalität, gestählt durch Mut, Tapferkeit und Kettenhemden.

Er hatte unbeschreibliche Rauschmittel bei Völkern erprobt, die aus Krümeln und heißem Wasser ein Getränk brauten, dass so anregend war, dass ihm die Blase vor lauter Anregung zu platzen drohte. Er hatte so manches heiße Liebesspiel getrieben und die große Liebe erlebt, die beinahe sein Leben verändert hätte. Wenn nur dieses verfluchte Ticken ihm nicht genau dann einen Strich durch die Rechnung gemacht hätte, als sie so weit waren, sich näher kennenzulernen. Der einstige Segen schien sich in einen Fluch zu verwandeln.

Raff-Ael wurde das Gefühl nicht los, dass die Zeitmaschine für beides verantwortlich war. Doch alles Lamentieren half nichts, mit der Zeit war nicht zu diskutieren. Es war zu spät: für Beständigkeit, Beziehung und Butterbrote. Er konnte die Zeit nicht zurückdrehen.

Der Lebemann kratzte sich am Kopf und verscheuchte damit einiges Geziefer, das sich im Laufe der Zeit dort eingenistet hatte. Er war Tierfreund, weshalb ihn die kleinen Untermieter nicht weiter störten und er auch nicht öfter als unbedingt notwendig ein Bad nahm.

Verdammt, wenn er die Zeit zurückdrehen könnte, würde er alles anders machen: sich niederlassen, eine Familie gründen, einen Baum pflanzen, einem Handwerk nachgehen. Was man eben so machte, wenn man eine Aufgabe und ein Ziel im Leben hatte. Gemeinsam alt werden zum Beispiel. Und was den liebgewonnen, zügellosen Segen anging, so wäre zumindest ein geregeltes Sexualleben eine schöne Reminiszenz an vergangene Tage. Bei der richtigen Frau könnte es gar zur Droge werden. Nur der Roibuschtee, auf den konnte er getrost verzichten. Der unablässige Drang, Wasser lassen zu müssen, ließ ein erfülltes Sexleben buchstäblich ins Wasser fallen.

Raff-Ael erwischte sich dabei, wie er wieder einmal seinen Gedanken nachgehangen hatte. „Diese ewige Nachdenkerei hält mich nur davon ab, endlich etwas zu unternehmen", grummelte er und stand auf. Dieses eine Mal wollte er sein Ziel erreichen, koste es, was es wolle.

Plötzlich vernahm er aus der Ferne ein Geräusch. Sein Blick verfinsterte sich. Seinem feinen Gehör entging nichts, schon gar nicht das unliebsam gewordene Ticken. Er blickte zum Horizont, als könne er dort jemanden sehen.

Tick. Tack.

„Mach du nur!", rief er erregt und blickte wild entschlossen in verschiedene Richtungen. Es gab einen Ort, den niemand genau kannte oder lokalisieren konnte. Einen Ort, den er unbedingt aufsuchen wollte. Zu spät war es bitteschön erst, wenn er bis zu seinem Lebensende alles unversucht ließ, seinen derzeitigen Zustand zu ändern. Natürlich hatte er versucht, die Zeitmaschine hier und da zu verkaufen. Doch die Menschen begegneten seinen Bemühungen mit Desinteresse, Verständnislosigkeit und leeren Geldbörsen. Auch hatte er daran gedacht, sie einfach zu entsorgen. Doch irgendetwas hielt ihn immer wieder davon ab. Sein Gewissen vermutlich. So ein machtvolles und mit Magie aufgeladenes Werkzeug ließ man nicht achtlos am Wegesrand liegen. Wer wusste schon, wem es in die Hände fiele und auf welche Weise seine Macht missbraucht würde. Zerstörung? Klang reizvoll, doch jeder Versuch scheiterte an der Hartnäckigkeit ihres Materials. Hammer, Meißel, Feuer, Säure, es half nichts.

Er stapfte weiter. Er würde diesen Ort finden, und wenn er von dort zurückkehrte, würde er endlich etwas Verlässliches und Beruhigendes tun, was schon viele vor ihm versucht hatten: normal sein.

Sein Ziel war weit entfernt, um nicht zu sagen konsequent weit. So weit, dass ihn eigentlich niemand ernsthaft würde aufsuchen wollen. Und selbst, wenn es doch jemand tat, würde er nicht rechtzeitig zurück sein, um noch etwas vom Leben zu haben. So vermutete Raff-Ael zumindest. Weit genug also, dass ihn niemand würde erreichen können. Genau richtig, um jemanden loszuwerden, der allen nur Unruhe und Rastlosigkeit brachte. Auch wenn er noch keine Idee hatte, wie genau das funktionieren sollte. Geschweige denn, wo dieses Ziel genau war.

Egal. Er ging los.

ZEHN

BEWEGUNG

Laber-Ra-Barbar saß auf dem Boden seines Marktstandes und grübelte. Die Nacht war damit beschäftigt, unglaublich dunkel zu sein. Die Lichter der Spelunken, Wohnhäuser und Schiffswerften am Hafen erschwerten ihr diese Aufgabe.

Direkt unter ihm vernahm er ein Poltern, gefolgt von blumigen Flüchen und einem passablen Rülpser. *Vermutlich ein Heimatloser, der sich in die Gasse verirrt hat und zwischen Kisten und Fässern unfreiwillig zum Liegen gekommen ist. Dass diese Stadt niemals zur Ruhe kommt,* dachte der Erzähler, während er die Puzzleteile seiner Ermittlungen sortierte, was nicht sonderlich lange dauerte. Die bisherige Suche nach dem Mörder seiner Mutter hatte ihn zu folgender Erkenntnis gebracht: Es handelte sich um eine *Sie*, eine *Mörderin*.

„Aber wer ist *sie*?" Er fluchte. „Das ist doch reine Zeitverschwendung." Er jagte einem Phantom hinterher und fühlte sich machtlos. Eine Frau also – mysteriös, gestaltlos und omnipräsent –, die sich angeblich in das Leben eines jeden einmischte. „Ich warte doch nicht, bis *sie* zu mir kommt, ha, das wäre ja noch schöner, nein, ich finde *sie*!"

„Klar!", blökte es von unten herauf.

Laber-Ra-Barbar rollte genervt mit den Augen. Er war durchaus redselig, auf alkoholgeschwängerte Gespräche konnte er jedoch getrost verzichten. Er beugte sich von spontaner Neugier hinterrücks überfallen über die Brüstung, um wenigstens mal zu schauen, wer ihn da anblökte. Der Herumtreiber auf der Straße richtete sich schwerfällig auf und erwiderte Laber-Ra-Barbars Blick.

„Bitte?", rief der Erzähler zu ihm herunter.

„Hab ich mich so unklar ausgedrückt?", kam es zurück.

„Tut mir leid, ich war in Gedanken."

„Klar."

„Was soll das heißen?" Laber-Ra-Barbar dachte über das augenscheinlich geringe Potenzial dieser Unterredung nach.

„Klar – klar wirst du sie finden. Tz, man, verschwende deine Zeit nicht mit Suchen. Egal was du suchst, wenn du es gefunden hast, bleibt nichts übrig. Du wirst dir etwas Neues überlegen, nach dem du suchen kannst. Auch das wirst du möglicherweise finden und das Ganze geht von vorne los." Er kratzte sich am Hinterkopf. „Das ist echt kein Spaß. Am Ende – und ich rede von deinem Ende, denn die Suche findet nie ein Ende, wenn du ihr keines setzt – am Ende sitzt du vor einem Riesenhaufen Gefundenem. Die Fundstücke starren dich an und scheinen dich immer wieder mit dieser einen quälenden Frage zu penetrieren … Örhem." Ein unappetitliches Räuspern unterbrach den kurzen Monolog. Während der Unbekannte beschloss, dass es zwischen den Kisten und Fässern doch recht bequem war, schaute der Erzähler fragend zu ihm herunter.

„Welche Frage?", rief er, um diesen Blick zu untermauern.

„Oha, mein Freund, du hast noch nicht viel gesucht, was? Fang es am besten gar nicht erst an, ich wiederhole mich gern:

Es lohnt sich nicht. Wie du schon gesagt hast, reine Zeitverschwendung."

„Ach ja?" Laber-Ra-Barbars Neugier und Ehrgeiz waren
nun erwacht und drängten sich nach vorn. „Und den ganzen
Tag rumhängen, trinken und lamentieren, das ist eine
sinnvolle Beschäftigung? Sich bloß nicht auf die Suche nach
etwas Besserem machen? Das lässt keine Fragen offen? Keine
Frage danach, wofür man eigentlich lamentiert oder was
einem am Ende des Tages bleibt?"

„Hurra, der junge Händler kommt mir auf die soziale Tour.
Ha, ich liebe diese Masche, wirklich", kam es gelassen zurück,
während der gekrümmte Zeigefinger ermahnend in die Höhe
zu schnellen versuchte. „Und gleich kommt vermutlich der
Teil, an dem mir klar werden soll, dass mein Leben nutzlos ist.
Ich bin ein Schmarotzer, der nichts fertig bringt." Laber-Ra-
Babar fühlte sich merkwürdig ertappt, während der Fremde
weiter auf ihn einredete: „Junge, ich sag dir, du verschwendest
schon wieder deine Zeit. Diesmal mit der Pflege
wiederkehrender Klischees. Wundert mich nicht.
Du marschierst durch die Weltgeschichte, bist auf der Suche
nach etwas, das du selbst nicht genau kennst. Den Sinn des
Lebens vielleicht oder so was in der Art." Ein erneuter Rülps
quetschte sich zwischen seine Ausführungen, ohne deren
Fluss nennenswert zu unterbrechen. „Und dann sitzt du
irgendwann in einem schicken Haus bei einer hübschen
langweiligen Frau, nervenden Kindern und der quälenden
Frage, ob es das jetzt gewesen sein soll."

„Jaja", erwiderte Laber-Ra-Barbar beleidigt und versuchte
unbeholfen sich zu verteidigen. „Mann, du weißt doch selbst
nicht, was du da redest."

„Mach dich nur lustig über mich. Ich erwarte nicht, dass du
mich ernst nimmst", lallte der andere. „Aber du wirst an der
Frage scheitern, ob du sie findest. So viel ist sicher. Harhar!"

Laber-Ra-Barbar murmelte etwas vor sich hin und sah sehr merkwürdig dabei aus, wie er sich gegen die Wände seines Standes drückte und an den Auslagen ruckelte in der Hoffnung, ihn in Bewegung setzen zu können. Er hatte dem Penner viel zu lange zugehört.

„Los!", fluchte der Erzähler und trat gegen die Rückwand. „Aua!", ergänzte er und rieb sich den Fuß, wobei er unbeholfen hin und her hüpfte.

„Du solltest dir ein Beispiel an ihr nehmen", hörte er den Mann weiterreden, achtete aber kaum darauf. „Sie wusste Bescheid. Sie hatte den Dreh raus. Gute alte Mutter-Ra-Barbar!"

Laber-Ra-Barbar hielt wie vom Donner gerührt inne. Ihm wurde schwarz vor Augen, er stolperte und fiel über die Brüstung.

„Wahrscheinlich würde meine Mutti mich dafür ermahnen", flüsterte Volker und schlich so unauffällig es ein 1,50 Meter großes Neugeborenes konnte an der Hauswand entlang.

Wie bei Kleinkindern im Allgemeinen üblich, lernte er schnell. Und so viel hatte er im Krankenhaus gelernt: Chirurgie, Neurologie, Psychologie, schlicht die gesamte Medizin war nicht das Feld, mit dem er den Rest seines Lebens verbringen wollte. Zudem nervte ihn Dr. Kabelschnur, der ständig dämliche Dinge tat, sagte oder fragte. Überhaupt war das Krankenhaus voll von idiotischen Erwachsenen, die sich in Kauderwelsch wohlfühlten und ihr eigenes Wissen nicht korrekt anzuwenden wussten. Er hatte beschlossen, aus der Klinik zu fliehen, weil ihn die medizinischen Apparaturen, die Belehrungen der Ärzte und die wissenschaftlichen Fachbücher langweilten, die er sich zum Zeitvertreib einverleibt hatte. Also hatte er sich einen Rollstuhl geschnappt und war beiläufig umhergefahren.

Ohne großes Aufsehen zu erregen, war er schließlich bis ins Erdgeschoss vorgedrungen. Dort wimmelte es von Ärzten, was ihn auf eine Idee brachte. Er besorgte sich in einer der angrenzenden Kammern einen Arztkittel, trat auf den Flur und rief: „He Sie, in 308 gibt's Probleme mit der extrakorporalen Blutstromkühlung, der Oxygenator des Herzpatienten ist ausgefallen!"

Der Ausfall einer Herz-Lungen-Maschine bei einem Patienten im künstlich erzeugten Winterschlaf war kein Spaß, doch die Ärzte würden ihre liebe Mühe damit haben, Raum 308 zu finden. Der existierte genauso wenig wie der Patient.

Nachdem die Halle binnen kürzester Zeit wie leergefegt war, war Volker in aller Ruhe aus dem Hauptportal des Krankenhauses marschiert. Erwachsene waren hoffnungslose Einfaltspinsel. Nun wollte er das Leben kennenlernen und zunächst einmal herausfinden, was man so gemeinhin in den Abendstunden zu tun pflegte.

Der junge Mann drückte sich an die Hauswand, blickte nach links und rechts und vergewisserte sich, dass ihm niemand gefolgt war. Um zu erfahren, was ganz normale Familien so taten, hatte er sich bis in den Vorgarten eines stinknormalen Reihenhauses geschlichen. Es stank nach Margeriten. Und nach Gartenkräutern. Er verfing sich lieber in Gedanken an eine Waffel mit Sahne und Schokoladensoße, als sich neben ihm ein Fenster unangemeldet erhellte. Rasch duckte er sich, um sich kurz darauf vorsichtig zu erheben, gerade so weit, bis seine Nasenspitze auf dem bemoosten Fensterbrett zum Liegen kam und er einen Blick ins Zimmer werfen konnte.

Aha. So also verbrachten die Menschen offenbar die letzten Stunden des Tages. Er blickte eine Weile durchs Fenster und beobachtete ein Kind mit seiner Mutter im Kinderzimmer. Das Licht war gedämpft und die Situation verströmte eine angenehme, eine heimelige Atmosphäre. Kein Wunder, dass ihm das Krankenhaus so langweilig vorgekommen war. Im Bett zu liegen und sich von seiner Mutter Gute-Nacht-Geschichten vorlesen zu lassen, war sicher deutlich interessanter.

Plötzlich überkam ihn ein eigenartiges neues Gefühl, das ihn aufscheuchte. Er verließ das Familienidyll und irrte durch die Gassen, ohne zu bemerken, dass sie immer dunkler wurden. Er war viel zu sehr damit beschäftigt, das plötzliche Heimweh und die Sehnsucht nach seiner Mutter in seinem Gefühlshaushalt einzusortieren, als dass er die Blicke und Schatten hätte wahrnehmen können, die sich von den Hauswänden und aus den dunklen Ecken lösten und ihn begleiteten.

„Scheiße!", fluchte Laber-Ra-Barbar und rieb sich die Knochen. Ein Stapel Kartons hatte seinen Sturz gedämpft und wartete auf ein paar dankende Worte. „So ein verdammter Mist, warum muss so was immer mir passieren!"

Der Stapel wartete vergeblich und träumte einmal mehr davon, dass sich solche Strapazen auszahlten und er in seinem nächsten Leben mit etwas Besserem belohnt wurde, als ein Stapel Kartons zu werden. Ein Ohrensessel am Kamin einer hochherrschaftlichen Villa wäre zum Beispiel eine nette Abwechslung.

Der Erzähler stöhnte. „Alles nur wegen *ihr*, Mannomann. Wenn es nach mir ginge, gehörte der Feinmechaniker hinter Gitter. Verbrecher, alles Verbrecher!"

„Jep, so schnell kann man in der Gosse landen und lamentieren." Der Penner grinste hämisch.

Das hat mir gerade noch gefehlt, dachte Laber-Ra-Barbar genervt. *Ich liege mitten in der Nacht in einer gottverlassenen Gasse neben einem Penner und muss mir seine Weisheiten anhören. So ein Mist.*

Er rieb sich den Knöchel, stöhnte noch eine Weile herum und besann sich schließlich auf den Grund seines Sturzes.

„Woher kennst du Mutter-Ra-Barbar?"

„Ha, mein Junge, die kennt hier fast jeder. Habe sie lange nicht gesehen." Der Fremde schwieg einen kurzen Moment und starrte ins Nichts. „Aber sag, wer bist du, dass du so interessiert nach ihr fragst?", kehrte er aus der Leere zurück.

„Ich bin ihr Sohn."

Der Penner pfiff leise durch die wenigen Zähne, die ihm noch geblieben waren. „Ihr Sohn, sieh an! Der begabte Geschichtenerzähler. Von dir habe ich schon viel gehört."

Laber-Ra-Barbar hatte es geschafft, sich aufzusetzen und staunte nicht schlecht. Er mochte es ungern zugeben, aber er fühlte sich geschmeichelt und fand vorsichtiges Interesse an dem Mann.

Er tat sich schwer, sich nichts anmerken zu lassen, als er mit stolzem Unterton erwiderte: „So ist es, der bin ich."

„Nana", lenkte der Penner sogleich ein. „Komm mal wieder runter, so viel hat sie nun auch nicht von dir erzählt. Wie sollte sie auch, du warst nie zu Haus."

Laber-Ra-Barbar fühlte sich unwohl. Die Wendung gefiel ihm nicht. Eigentlich wollte er doch das Gespräch lenken.

„Noch einmal von vorn: Woher kennst du meine Mutter?"

„Nun ja, sie war oft in der Stadt, pflegte Geschäftsbeziehungen, verstehst du?"

„Aha", stammelte der Erzähler, während er dachte: *Nein, verdammt! Warum kann mir eigentlich niemand vernünftig Auskunft erteilen zum Henker?!*

„Wahrscheinlich, weil du noch nicht viel vom Leben verstehst, mein Freund", antwortete der Penner, der Laber-Ra-Barbar seinen Unmut wohl ansehen konnte. „Weißt du, dass ihr reich ward?"

Der Erzähler erschrak erneut. „Willst du mich verarschen?" War er eigentlich der Einzige, der über nichts Bescheid wusste?

„Euer Hof hat große Gewinne abgeworfen. Allen voran der Kräutergarten."

„Kräutergarten?" Warum nur gab es so viele Fragen und so wenige Antworten?

„Um Himmels willen, wo warst du nur in den letzten Jahrzehnten? Ein Kräutergarten ist …"

„Ich weiß, was ein Kräutergarten ist", fiel ihm Laber-Ra-Barbar harsch ins Wort. „Aber wie erwirtschaftet man Gewinne durch den Anbau einfacher Kräuter?"

„Sie waren alles andere als einfach, mein Lieber", fuhr der andere fort. „Deine Mutter hat im großen Stil Bleifuß angebaut. Sie hatte dem Rauschmittel auch seinen Namen verpasst, weil man davon so schwerfällig wird. Schmeckt übrigens auch hervorragend als Gewürz im Eintopf. Jedenfalls hat sie es angebaut und hier verkauft."

„Meine Mutter, eine Dealerin?" Warum nur kam er sich so blöd vor?

Der Penner achtete nicht mehr darauf. „Kann man so sagen. Ich glaube, nicht mal dein Vater wusste Bescheid. Aber irgendwie musste sie ja das Geld zusammen bekommen."

„Wofür hat sie das gebraucht?"

„Puh." Sein Nebenan holte eine Papiertüte aus dem Nichts hervor und nahm noch einen kräftigen Schluck. „Für den Feinmechaniker."

Laber-Ra-Barbar holte tief Luft und scheiterte bei dem Versuch, das Gesagte in einen sinnvollen Zusammenhang zu bringen.

Die Hauswand, die sich breit und mächtig vor Volker aufbaute, kam nun eher ungelegen. Ebenso die zu seiner Linken und zu seiner Rechten.

„Sackgasse", murmelte er und blickte sich ängstlich um. Erstaunlich, wie dunkel die Stadt werden konnte. Ideal für ein spontanes Verbrechen.

„Ganz genau", hörte er hinter sich eine unangenehm rasselnde Stimme.

Hastig drehte er sich um, ohne etwas erkennen zu können. *Eigentlich würde ich jetzt gerne verschwinden,* dachte er, doch seine Füße verweigerten ihm den Dienst.

„Okay. Willst du Geld?", fragte er ins Dunkel hinein.

„Geld, nein", kam es gedehnt und voller Häme zurück.

„Gut, hab auch keins. Was dann? Schmuck?" Vor seinem geistigen Auge baute sich die Gestalt eines finsteren Grobians mit zügellosem Bartwuchs, vernarbtem Gesicht und wenigen Zähnen auf. Letztere bestanden aus Gold.

„Har", rasselte es diesmal direkt vor ihm. „Was will ich mit Schmuck, har? So einen Quatsch brauche ich nicht, Quatsch. Hr."

Volker wurde unsicher und versuchte gleichzeitig, den unsichtbaren Fremden weniger ernst zu nehmen. In seiner Vorstellung schrumpfte sein Gegenüber auf Kleinstformat, ihm wuchsen listige, aber auch niedlich spitz zulaufende Ohren und sein Blick war schelmig.

Nicht schlecht, dachte er. *So ist es auch gleich viel weniger furchteinflößend.*

„Was willst du denn? Ist ja anstrengend mit dir", sagte er daraufhin mit kindlichem Trotz.

Sein Gegenüber zischelte, und es kam Volker so vor, als habe sich der Tonfall verändert. „Wie wäre es mit deinem Leben?", kam es verärgert von recht weit unten zu ihm herauf. „Nichts weiter als dein jungess frischess Leben."

„Brauch ich selbst." Volker wurde bockig.

„Ha, das sagen sie alle. Werfen einem ihren Schmuck zu Füßen, ihr Geld, stinkendess Geld, unehrlich verdient, bäh. Danach folgt ihre teure Kleidung, bis sie in Unterwäsche mit lächerlichen Bildern drauf vor mir stehen. Die feinen Pinkel pinkeln sich in die Hose, lächerlich, widerlich. Keine Ahnung von Werten haben sie, keine Ahnung."

„Und jetzt?", fragte Volker in die Dunkelheit und überlegte, ob er nicht einfach gehen sollte.

„Na loss", zischte es unter ihm, „nur ein bisschen von deinem Leben. Lass ess mich kosten, sicher ist es unbeschwert, frisch, reich an Erwartungen. Sag, wie alt bist du?"

„Zwei Tage."

„Autsch."

„Hast du dir was getan?", fragte Volker ernsthaft besorgt und spürte zugleich, wie die Situation unaufhaltsam ins Lächerliche abzugleiten schien.

„Unssinn. Zwei Tage also, sehr verwunderlich, sehr verwunderlich. Hast du Allergien? Schon mal Medikamente genommen? Drogen? Alkohol? Irgendwelche Verletzungen? Operationen? Ersatzteile?"

„In zwei Tagen? Quatsch", erwiderte Volker verwirrt.

„Hu, na dass nenn ich frisch, äußerst frisch", hörte er den bestimmter werdenden Tonfall. „Ohne Schad- und Konservierungsstoffe. Loss, gib ess mir!"

Die Gestalt im Dunkel wurde unruhig. Gier hatte sich in die Gasse verlaufen und war an ihr haften geblieben.

„Nee", erwiderte Volker ungerührt, „mein Leben bekommst du nicht." Das ging eindeutig zu weit und so setzte er sich trotzig in Bewegung.

Sein Gegenüber war jedoch schon zu lange im Geschäft, um nicht eine Idee aus dem Hut zaubern zu können, den er in Volkers Vorstellung über dem spitzen Ziegenbart und der ebenso verwirrten Frisur trug.

„Moment", flüsterte es direkt in Volkers Ohr, sodass ihm Schauer scharenweise über den Rücken liefen und an der Hauswand empor in die Nacht huschten. „Du weißt noch nicht, wass dir entgeht, nein, das weißt du nicht."

„Na das Leben vermutlich?", erwiderte Volker trotzig.

„Sagen wir, du gibst mir nicht dein ganzess Leben, sondern lediglich einen ... bedeutenden Teil. Und dafür zeige ich dir all das, wonach du suchst. Du bist so jung, so jung." Der Gnom musste kurz den Speichel runterschlucken, der ihm im Mund zusammenlief. „So jung, sicher willst du mehr vom Leben wissen, es kosten."

„Das stimmt, immerhin geht in meinem Leben alles so furchtbar schnell!", rief Volker spürbar aufgeheitert.

„So ist es. Zu schnell. Du hast Angst, was zu verpassen, was?" Der Fremde schien ihm beinahe ins Ohr zu kriechen, so energisch bohrte sich seine zischende Aussprache durch Volkers Gehörgänge.

„Ja, genau!"

„Aber sicher. Ich bring dich hin. Zum Leben. Zeige dir, wass man so mit seinem Leben anfängt, wie man die Zeit nutzt, die einem gegeben wurde. Die Zeit. Und solange wir

unterwegs sind, darf ich von deinem Leben kosten."
Wieder musste er seiner Gier Einhalt gebieten. Das Schlürfen
war weithin zu hören. „Keine Angst, dir wird nichts passieren,
du wirst höchstens etwas älter, aber was macht das schon,
so jung wie du bist?"

Er versuchte, verführerisch und vertrauensvoll zu klingen.
Zwar hatte er mehr Erfahrungen mit Erwachsenen gemacht,
doch von Kindern hatte er schon viel gehört und gesehen.
Solch frisches Leben versprach eine lange Mindesthaltbarkeit,
er würde nahezu ausgesorgt haben. Der Gnom starrte auf
Volkers Hals, die Chance seines Lebens lag ihm förmlich zu
Füßen. Nachdenklich begann er, auf der Schulter des Jungen
umher zu stapfen.

„Okay", kam es kurz entschlossen zurück. „Du zeigst mir,
was man mit der Zeit anfängt, ich gebe dir etwas von meinem
Leben", fuhr Volker fort, ohne darüber nachzudenken,
was das bedeutete und wie viel genau *ein bedeutender Teil* sein
sollte. Die Aussicht, zu erfahren, was normale Menschen mit
ihrer Zeit anfingen, mit der Zeit, die so rasch an ihm
vorüberglitt, war allzu verlockend.

„Fein, fein. Wir wollen umgehend beginnen, ja?!"

„Abgemacht", sagte Volker. Der schwere Mantel der
Naivität lag über seiner Schulter und kleidete ihn in
trügerische Sicherheit, als er ein kurzes Stechen im Hals
spürte. Es wurde noch schwärzer vor seinen Augen und er
sackte zu Boden.

Der Gnampir auf seiner Schulter leckte sich genüsslich über
seine spitzen Eckzähne.

ELF

BILDER

Folker war müde. Sie hatte die ganze Nacht wach gelegen. Das Mondlicht flutete unaufhörlich ihr spärliches Gemach, Kakerlaken spielten in den Ecken Räuber und Gendarm und von der Straße drang das nervtötende Poltern und Diskutieren zweier Penner herauf. All das war dennoch nicht die Ursache ihrer Schlaflosigkeit. Es war das Bild an der Wand.

Es wirkte auf unangenehme Weise vereinnahmend, lebendig. Stundenlang schon hatten sie einander angestarrt. Mehrmals war sie auf und ab gegangen, um sich abzulenken. Doch egal in welchem Winkel des Raumes sie sich befand, das Bild schien unaufhörlich zu ihr herüberzuschauen.

Schließlich konnte sie der Herausforderung nicht mehr widerstehen, die sich unausgesprochen zwischen ihnen spannte. Sie trat an die Wand und nahm das glotzende Bild herunter. Neugierig betrachtete sie erneut das seltsam aufdringliche Familienporträt, um ihm auf die Spur zu kommen. Ihm Informationen zu entlocken. Ein Geheimnis. Eine Überraschung. Irgendetwas.

Die Frau fiel dem Betrachter zuerst ins Auge. Sie saß auf einem alten Holzstuhl und schien das Bild und vermutlich auch die Familie zu dominieren. Der Blick ihrer scharfen Augen war bestimmt, unbeirrbar, gleichzeitig gutmütig und fröhlich. Sie war von kräftiger Statur, ohne plump auszusehen. Grobe Hände zeugten von viel Arbeit, ohne grobschlächtig zu wirken. Falten erzählten Geschichten eines ereignisreichen Lebens, sie zeigten Sorge, doch keine Verzweiflung.

Ihre Kleidung war einfach, entsprach der einer Frau vom Lande: ein langer Rock, eine karierte Bluse und ein wollener Schal um die Schultern. Ihr festes Schuhwerk schien ihre Standhaftigkeit und die Festigkeit ihres Charakters unterstreichen zu wollen.

Ihr Mann stand versetzt hinter ihr und war ebenso ländlich gekleidet, nur dass anstatt eines Rockes eine Latzhose seine kräftigen kurzen Beine bedeckte. Statt des Schals trug er eine abgewetzte, mit Fell gefütterte Lederweste.

Vermutlich hat er sie nie ausgezogen, überlegte Folker und grinste.

Er wirkte genügsam, friedfertig und geschäftig. Und seiner Frau treu ergeben. Seine zarten Hände bildeten einen skurrilen Kontrast zu denen seiner Frau sowie zu seinem Rauschebart und seinen buschigen Augenbrauen. Auf dem Schoß der Frau ein kleines Kind – jung, erst wenige Jahre alt, wirkte es wesentlich...*filigraner* war das erste was Folker dazu einfiel. Es war von geradezu zierlicher Statue, gekrönt von einem länglichem Kopf, aus dem ein verträumter Blick den Weg in die Welt und darüber hinaus zu suchen schien. Mit all diesen Attributen wirkte es eher adoptiert als gezeugt.

Sie senkte ihre Hände und grübelte, an wen sie dieses kleine Kind erinnerte, als von unten ein erneutes Poltern zu hören war.

„Ha! Aufgewacht?", grölte der Penner und kramte eine zweite Flasche hervor. Laber-Ra-Babar war zwischenzeitlich von geistiger Erschöpfung geplagt eingeschlafen. Am Horizont kündigte sich der nahende Morgen an. „Frühstück?", lallte er, wischte sich mit dem Handrücken über den Mund und reichte Laber-Ra-Barbar die Flasche mit einem kümmerlichen Rest Hochprozentigem darin.

„Danke", erwiderte der Erzähler benommen und leerte mit einem kurzen Schluck die – für seine Verhältnisse – große Menge Alkohol. „Urgh", stöhnte er heiser aus der Magengrube heraus, kniff die Augen zusammen und war im nächsten Moment hellwach. Er studierte kurz seine Gedanken, um eine möglichst präzise Frage zu formulieren. Der Penner, Mutter-Ra-Barbar, Bleifuß, Geld, der Feingliedrige kamen ihm in den Sinn.

„Ja?", ermutigte ihn sein Gegenüber.

„Du – äh ...?" Präziser hätte Laber-Ra-Barbar seine Verwirrung nicht zum Ausdruck bringen können.

„Nenn mich einfach Barnabas. Oder Barnabas Betru. Mir egal. Kann mich ja jeder nennen, wie er will. Also mein Freund, da du offenbar keinen blassen Schimmer hast, was eure Familienangelegenheiten betrifft, bin ich gern bereit, weiter auszuholen. Doch mein Wissen stützt sich nur zum Teil auf eigene Erfahrungen. Der sicher größere Teil ist mir nur zugetragen worden."

Der Penner machte eine kurze Pause.

„Streng genommen geht mich nichts von alldem etwas an. Sind ja Privatsachen, die niemand freiwillig teilen möchte. Doch genau dieses Wissen ist mein Kapital, verstehst du?"

Laber-Ra-Barbar verstand nicht und schüttelte den Kopf.

„Ich bin ein Nichts, daher interessiert es keinen, wenn ich etwas mitbekomme, denn ich interessiere keinen. Umgekehrt kommen aber gerade die zu mir, die mich sonst meiden: feine Pinkel, hohe Geschäftsleute, Sicherheitsbeamte, Politiker. Der Bürgermeister beispielsweise war erst kürzlich bei mir. Alle fragen mich, ob ich nicht etwas über dieses oder jenes weiß, ob ich nicht zufällig von dem einen oder anderen etwas erfahren hätte."

Der Erzähler hoffte, dass Barnabas bald zur Sache käme, wollte ihn allerdings nicht unterbrechen oder drängen. So übte er sich in geduldigen Ahas und Hmhms und Achsos, während Barnabas unbeirrt weiterredete.

„Etwas von sich preisgeben, dass will keiner. Aber von anderen etwas wissen, das wollen sie alle. Menschen verhalten sich seltsam, wenn sie so zahlreich und so dicht aufeinander hängen wie hier in der Stadt. Sie glotzen einander hinterher, tuscheln übereinander und intrigieren gegeneinander, als wären sie untrennbar miteinander vernetzt. Verrückt, nicht wahr?" Der Erzähler versuchte so gut es ging zu folgen.

„Und da komme ich ins Spiel. Nichts ist umsonst, nicht einmal der Tod. Weißt du, was eine Beerdigung auf dem hiesigen Friedhof kostet? Weißt du das?" Er war dicht an Laber-Ra-Barbars Gesicht gerückt und seine Alkoholfahne flatterte im Morgengrauen.

„Nein."

„Natürlich nicht. Was weißt du schon. Nun, ich jedenfalls lasse mir meine Informationen etwas kosten. Wissen ist in dieser so seltsam vernetzten Gesellschaft mehr wert, als die meisten vermuten. Viel mehr. Ja, ich sehe aus wie ein Penner, Aber es lebt sich prima, man umgeht mich, lässt mich in Ruhe. Gemeldet beim Einwohneramt bin ich auch nicht. Weißt du, was das kostet? Ich existiere offiziell also nicht einmal. Tja, sogar die Behörden negieren mich. Es sei denn, sie benötigen Informationen. Die Flaschen hier", dabei klimperte er mit den beiden geleerten Flaschen und entblößte grinsend seine wenigen Zähne.

„Hm?", warf der Erzähler bemüht interessiert ein.

„Ha! Alle selbst bezahlt. Betteln? Nein. Stehlen? Mitnichten! Wo käme ich da hin? Das ist moralisch absolut verwerflich. Nein, nicht mit mir." Dann beugte er sich erneut zu Laber-Ra-Barbar, schaute verschwörerisch nach links und rechts und musterte ihn. „Ich habe wahrlich genug Geld", flüsterte er, „ehrlich verdient, durch pure, hochkarätige geschliffene Information. Ha! Da staunst du, was?" Dann gluckste er triumphierend.

„Jaja, in der Tat beeindruckend", sagte er Erzähler bemüht, während er unruhig hin und her rutschte.

„Tja", fuhr Barnabas gedankenverloren fort, „man meidet mich, wie man das mit Herumtreibern so macht. Schon früher, als ich tatsächlich noch einer mittelloser Penner war, hat man mich gemieden. Mit Ausnahme deiner Mutter."

Laber-Ra-Barbar horchte auf.

Während das gleißende Mondlicht dem Morgengrauen Platz machte, saß Folker grübelnd auf dem viel zu weichen Bett. *Darin hätte ich ohnehin nicht gut geschlafen,* dachte sie und war dankbar für das Ende der Nacht.

Sie hielt noch immer das Bild in den Händen, drehte und wendete es, als ihr Blick kurz auf der Rückseite hängen blieb.

Auf dem vergilbten Papprücken standen in unleserlicher Handschrift ein paar Worte geschrieben. Folker rieb sich die Augen, stand auf und trat ans Fenster, um es im heraufziehenden Tageslicht besser lesen zu können.

Es dauerte eine Weile, bis sie die zwei Worte entziffert hatte. Konnte das sein? Sie las noch einmal, um sich zu vergewissern, und riss dann erstaunt die Augen auf. Wieder am Bett sank sie aufs Laken und fiel wenig später in einen unruhigen Schlaf. Nun wusste sie, weshalb ihr das Kind so bekannt vorgekommen war. Auf dem Bild stand: *Familie Ra-Barbar*.

Laber-Ra-Barbar kratzte sich den Schädel, so gut informiert und entsprechend verwirrt war er nun. Es hatte sich demnach wie folgt verhalten: Seine Mutter war häufig in der Stadt gewesen und hatte Rauschmittel verkauft, um dringend benötigtes Geld zu erwirtschaften.

Da kam Barnabas ins Spiel. Barnabas war kein Mensch, der anderen begegnete, wenn überhaupt, dann begegneten andere ihm. So auch Mutter-Ra-Barbar, die in einer der zahllosen Gassen beinahe über den Penner gestolpert wäre. Gutherzig wie sie war, hatte sie ihm damals aufgrund seines Zustandes etwas zu Essen angeboten. Als Penner hatte er das nicht annehmen wollen. Ein guter gesetzter Roter, in Holzfässern über Jahre gereift, wäre ihm lieber gewesen. Ihre anschließende Schelte hatte sich gewaschen und so biss er in den sauren Apfel. Mutter-Ra-Barbar war eine Frau, die sich stets Respekt zu verschaffen wusste, deshalb zerkaute er mittelprächtig gelaunt das angebotene Obst, während sein Körper mit der ungewohnt hohen Vitaminzufuhr kämpfte.

Schließlich waren die beiden ins Gespräch gekommen. Und natürlich war Mutter-Ra-Barbar nicht aus heiterem Himmel auf ihn gestoßen. Sie hatte ein unfehlbares Gespür für Menschen, die sich im Leben auskannten. Und obwohl Barnabas damals noch nicht der reiche Streuner gewesen war, den er heute verkörperte, hatte sie doch geahnt, dass er ihr helfen würde.

Ihr Anliegen war so sonderbar, dass ihr wahrlich nur die Person Auskunft geben konnte, die schon viel gesehen und erlebt hatte. Sehr, sehr viel. Jemand, der die Menschen kannte und mehr wusste, als er ahnte.

„Ich bringe Ihnen gern mehr zu Essen, regelmäßig. Alles was ich dafür benötige, ist eine kleine Information", hatte Mutter-Ra-Barbar zu ihm gesagt. „Ob Sie wohl darüber nachdenken?"

Barnabas war damals in schlechter körperlicher Verfassung und erfreut über die Aussicht auf regelmäßiges Essen. Vorausgesetzt es ging über Äpfel hinaus. Also sagte er zu.

Mutter-Ra-Barbar holte ein Bild hervor und reichte es ihm. „Mein Sohn", sagte sie und deutete auf einen Knirps in der Bildmitte. „Seit Ewigkeiten habe ich ihn nicht mehr gesehen. Mein Mann ließ ihn leider im Zwist gehen."

„Schön, schön gute Frau", erwiderte Barnabas, „aber was kann ich da tun?"

„Ich habe eine beträchtliche Summe Geld gespart", flüsterte sie, „und die möchte ich jemand ganz Speziellem zukommen lassen."

„Nun", überlegte Barnabas, rieb sich die Schläfen, kniff ein Auge zusammen und zeigte entschlossen auf sich. „Ich wüsste da jemanden." Sein Grinsen wurde durch ein scharfes Blitzen in ihren Augen gestoppt. Mit dieser Frau war nicht zu spaßen.

„Ich suche jemanden, der etwas herzustellen weiß", konkretisierte sie ihr Anliegen. „Etwas, was es noch nie gegeben hat."

„Und das wäre, schöne Frau?", wollte Barnabas wissen.

„Verarschen kann ich mich selbst", fauchte sie. „Passen sie auf, Bürschchen, ich kann sehr unangenehm werden." Ein Zucken um ihre Nasenflügel unterstrich die letzte Aussage deutlich und so hielt Barnabas die Klappe. „Ich bin nicht mehr die Jüngste", erklärte Mutter-Ra-Barbar. „Mir liegt sehr viel daran, meinen Sohn noch einmal zu sehen, bevor ich den Ar… - die Augen zukneife. Sie verstehen mich, ja? Es gibt noch einiges zu klären, bevor ich abdanke. Das heißt, die mir verbleibende Zeit wird nicht ausreichen, einfach loszugehen und ihn zu suchen."

„Also brauchen Sie jemanden, der Ihnen ein Pferd leihen kann? Einen Karren? Oder einen fliegenden Marktstand? Ha, sagen Sie das doch gleich!", warf der Penner ein.

„Blödsinn", kam es scharf zurück. „Zu langsam, ich muss der Zeit ein Schnippchen schlagen. Was ich wirklich brauche …" Hier legte sie eine dramatische Pause ein, sodass er jetzt doch ernsthaft gespannt war, und senkte die Stimme, bis sie kaum noch zu hören war. „Was ich brauche, ist jemand, der mir eine Zeitmaschine baut."

Barnabas wagte nicht zu lachen, obwohl ihm danach zumute war. Zu skurril war diese Bitte, zu muskulös die Bittstellerin. Allerdings ging es um regelmäßiges Essen. Und vielleicht sogar um Geld?

„Auch bin ich bereit, Ihnen Geld zu zahlen", ergänzte die Frau. „Aber erst überlegen Sie gut, ob Sie mir tatsächlich helfen können. Ob Sie im Besitz einer derart kostbaren Information sind!"

An diesem Tag war nicht nur der Grundstein für seinen späteren Reichtum gelegt worden, es war auch der Beginn langen, angestrengten Überlegens gewesen. Eine Mondphase später war Mutter-Ra-Barbar zum Feingliedrigen aufgebrochen.

Laber-Ra-Barbar stand seufzend auf. „Nun gut, so führt mich mein Weg wieder dahin zurück, wo ich hergekommen bin. Offenbar scheint die Lösung des Geheimnisses um meine Mutter – und vielleicht auch um ihren Tod – bei dem

Feingliedrigen verborgen zu sein. Na, das kann ja heiter werden."

„Jaja, man sagt, er sei merkwürdig", gab Barnabas zurück.

„Merkwürdig? Der tickt nicht ganz richtig! Ach ja, was bin ich dir schuldig? Viel Geld habe ich leider nicht anzubieten. Ein viertel Pfund Jagdwurst vielleicht?"

„Lass mal, ich wurde bereits entlohnt", erwiderte Barnabas, als würde er den Erzähler ein letztes Mal verwirren wollen, da durchbrach ein Ruf ihre Zweisamkeit.

Folker packte ihre Sachen. Sie wusste nicht genau, was sie da ritt, doch sie das Bild steckte in dem Glauben ein, es könne ihr noch einen Dienst erweisen. Rasch warf sie einen Blick in den Spiegel, der in mehrere Stücke zersprungen war, ließ ihre Frisur unordentlich, wie sie war, nahm ihren Beutel und verließ das muffige Zimmer. Als sie auf die Straße trat, wo das vom Tau noch feuchte Kopfsteinpflaster glänzte, blinzelte sie in die Sonne und war frohen Mutes.

Links oder rechts? Sie drehte den Kopf in die eine, dann in die andere Richtung. Die junge Frau blinzelte erneut, um ihren Augen trauen zu können. War das etwa…?

Sie ging ein Stück die Gasse entlang und rief: „Laber-Ra-Barbar, bist du das?!" Die Freude wuchs über sie hinaus und übertrug sich auf den Erzähler. Laber-Ra-Barbar kam winkend auf sie zu.

„Was machst du denn hier?"

„Mich auf die Suche nach Frühstück", lachte Folker. Der Erzähler horchte kurz in sich hinein.

„Das klingt nach einer guten Idee", entgegnete er, nachdem sich sein Magen mit lautem Knurren zu Wort gemeldet hatte. „Darf ich dich begleiten?"

Sie verabschiedeten sich von Barnabas, der seines Weges trottete, und gingen gemeinsam los, um sich mit etwas Gebäck und frisch aufgebrühtem Kaffee das Aufwachen zu erleichtern. Wieder am Marktstand angelangt setzten sich die beiden auf eine kleine Mauer, genossen die morgendliche Ruhe und ließen sich ihr Frühstück schmecken. Während sie gelegentlich an ihrem Kaffee nippten, erzählte Laber-Bar-Bar, was sich seit ihrer Trennung denkwürdiges ereignet hatte.

„Deine Mutter war in der Drogenszene?", erkundigte sie sich.

„Ich würde eher sagen, sie war Geschäftsfrau", rückte Laber-Ra-Barbar die Sache gerade.

Er hatte sich gerne bereit erklärt, Folker im Anschluss an das gemeinsame Frühstück zum Krankenhaus zu begleiten. Nachdem sie für ihn die Leiter von Studiosus entfaltet hatte, waren sie auf den Stand geklettert. Er schaute verlegen zu ihr hinüber. Eine wohlige Wärme breitete sich in ihm Körper aus. An die Gegenwart einer Frau diesen Kalibers könnte er sich gewöhnen.

„Komm schon, sie hat Drogen verkauft." Das Kaliber grinste ihn an. „Und sie hatte ja offenbar einen guten Grund dafür. Von meinen Eltern kann ich nichts derart Spannendes berichten. Ich erinnere mich an sehr wenig – zu früh sind sie gestorben."

„Das tut mir leid. Was hat sie fortgerissen?"

„Ein Baugerüst. Ich hab es nie gemocht, wenn sie die Stadt besucht haben, hielt es schon immer für gefährlich, wenn sich so viele Menschen auf engstem Raum tummeln. Das Gerüst hat mir recht gegeben. Leider."

Laber-Ra-Barbar schluckte.

„Nun ja, das ist lange her. Ich habe mich daran gewöhnt, nach vorn zu schauen."

„Ich mag die Stadt auch nicht besonders. Aber gute Wurstwaren bekommt man hier. Apropos, möchtest du noch ein Stück?", fragte er und kramte eine würzige Treibjagdwurst hervor.

Dankbar griff Folker zu und lehnte sich kauend zurück, während der Stand gemächlich vor sich hin schwebte, wo er auf weitere Instruktionen wartete.

„Sehr gut", lobte der Erzähler.

„Was?"

„Du kaust langsam und oft."

Sie musste grinsen und spürte eine vertraute Nähe. Nichts Fremdes war an diesem jungen Mann, im Gegenteil, er schien auf seltsame Weise ihr Spiegelbild zu sein.

Nachdem sie auch diese Wurst genüsslich verspeist hatten, machte sich Laber-Ra-Barbar daran, den Stand in Bewegung zu setzen.

„Auf zum Krankenhaus!", rief er und gab dem Gefährt einen demonstrativen Tritt, um es zu beschleunigen. Dabei ließ er den Blick wie ein Kapitän über die angrenzenden Gassen schweifen. Doch der gute Eindruck, den er zu hinter-lassen versuchte, verpuffte in der Ereignislosigkeit. Der Stand schwebte weiterhin unaufhaltsam und sehr behäbig auf der Stelle.

„Lass mich mal." Folker lachte und trat an die Brüstung. Die junge Frau schaute sich um und ließ ihren Blick in der Richtung verweilen, in der sich das Krankenhaus befand.

„Krankenhaus, westwärts, sei so gut, ja?", murmelte sie. Der Stand gehorchte.

„Woher weißt du, wie man mit diesen Dingern umgeht?"

„Ich werde von fliegenden Händlern beliefert. Sie haben es mir gezeigt. Du musst dem Stand die Richtung zeigen und den richtigen Ton treffen."

„Im Ernst, ich soll nett sein?"

„Diese Stände sind aus dem Holz der Trauer-Augenweide gefertigt."

„Das bedeutet?"

„Na ja, wie du weißt, ist die Trauer-Augenweide kein gewöhnlicher Baum. Sie kann sehen, ist eigensinnig und sehr sensibel. Weshalb ihr keinesfalls mit Gewalt beizukommen ist. So schön wie sie ist, so stur kann sie sein, wenn man ihre Gefühle verletzt."

„Aha."

„Hey, komm schon", wandte sich Folker erneut dem Stand zu. „Sei so nett und bring uns zum Krankenhaus. Danach kannst du dich wieder ausruhen." Sie warteten eine Weile, doch nichts geschah. „Mist", fluchte die junge Frau.

„Was ist los?"

„Er kennt den Weg nicht."

„Bitte?"

„Mensch, Laber-Ra-Barbar, du kennst dich wirklich nicht allzu gut im Leben aus, was? Pass auf: Obwohl sie aus mitfühlendem, intelligenten Holz geschnitzt sind, heißt das nicht, dass sie sich gut orientieren können. Schließlich steht ein Baum in der Regel sein Leben lang an einem Platz. Aus diesem Grund müssen die Besitzer ihren Ständen die Wege zumindest einmal gezeigt oder erklärt haben, damit sie sie wiederfinden können. Unterwegs ist ihre Fähigkeit zu sehen äußerst hilfreich, etwa im dichten Stadtverkehr. Vorausgesetzt eben, sie wissen, wo es langgeht. Na ja, und das Krankenhaus ist diesem Exemplar offenbar unbekannt."

„Und jetzt?"

„Jetzt müssen wir ihn lenken, wenn er denn anspringt."

Laber-Ra-Barbar rieb sich die Stirn und stöhnte. Es dauerte noch eine Weile, bis sich der Stand von dem Tritt des Erzählers erholt hatte und auf das gute Zureden Folkers reagieren wollte. Schließlich zuckelte er langsam los, aus der Gasse heraus und Richtung Westen. Die Stadt unter ihnen wurde zusehends von geschäftigem Treiben durchströmt.

Folker gab keinen schlechten Navigator ab und trotz des einen oder anderen Schlenkers erreichten sie ihr Ziel nach kurzer Zeit.

„Schönen guten Tag, was kann ich für Sie tun?", fragte eine junge Krankenhaus-Schalter-Fachangestellte, als die beiden durch die große Eingangshalle schritten, und blickte dabei gelangweilt durch Folker und Laber-Ra-Barbar hindurch, .

Folker beachtete sie ebenfalls nicht weiter und ging geradewegs an der Dame vorbei, um links in einem der langen Gänge zu verschwinden.

Laber-Ra-Barbar folgte ihr auffällig. „Das war nicht nett von dir!", sagte er leise.

„Weißt du, mit Nettigkeit kann man viel Zeit verplempern. Und die habe ich nicht."

„Was willst du hier eigentlich?"

„Nach meinem Sohn schauen."

„Oh, das hatte ich vergessen."

„Ach", kam es höhnisch zurück.

„Entschuldige, daran hatte ich wirklich nicht mehr gedacht. Wie ist es gelaufen, also die Geburt?"

„Tja, wie soll ich sagen", entgegnete Folker und bog scharf rechts ab, wich einem Wagen mit Bettlaken und Arzneimitteln aus und stoppte abrupt vor einer breiten Tür aus dunklem schweren Holz. „Merkwürdig."

„Was soll das heißen?"

„Es ging alles zu schnell", bemerkte Folker in zornigen Gedanken an den windigen Arzt und rüttelte am Türknauf. „Und nicht mit rechten Dingen zu", fügte sie an und trat zielstrebig die Tür ein.

„Du hättest wenigstens vorher anklopfen können", erinnerte Laber-Ra-Barbar sie höflich und schritt seufzend durch die aus der Fassung geratene Tür.

„Laber-Ra-Barbar", erwiderte sie scharf und drehte sich zu ihm um. „Halt einfach mal die Klappe."

Sie betrat ein geräumiges Büro, dessen Seitenwände mit Bücherregalen bedeckt waren. Im hinteren Teil des Raumes stand ein wuchtiger Schreibtisch, der konsequent mit Papierkram bedeckt war. Der Weg dorthin führte sie über einen schweren Läufer an zwei einladenden Ledersesseln vorbei.

„Nana, so stürmisch? Wen haben wir denn da?!", tönte es hinter dem Papier hervor und ein gedrungener, gierig dreinschauender Mann in weißem Kittel erhob sich, nachdem er hektisch ein paar Unterlagen in eine Schublade gesteckt und sie geschlossen hatte.

„Vor ein paar Tagen hat es hier noch nicht so schick ausgesehen", sagte Folker sichtlich verärgert. Der Erzähler ließ sich in einen der beiden Sessel fallen und begann die funkelnden Kristalle zu zählen, die das Licht des Kronleuchters tausendfach brachen und auf die frisch vertäfelten Mahagoniwände verteilten.

„Wie geht es Ihnen, Folker?", fragte der quadratische Arzt unangemessen freundlich.

Laber-Ra-Barbar mochte ihn, überhaupt hatte er etwas für Ärzte übrig. Sie genossen Ansehen und Vertrauen, hatten immer einen beruhigenden Tonfall und ein sicheres Händchen dafür, wenn es darum ging, zu zeigen, was man hatte.

„Wie es mir geht?", Folkers Stimme wurde schrill und bebte vor Erregung. Frauen waren ... anders.

Laber-Ra-Barbars Verständnis schwächelte, was Frauen anging. Seiner weniger als bescheidenen Erfahrung nach pflegten sie wortreiche Konversationen, komplizierte

Verhaltensweisen und das Widerwort. Und irgendwie schien es ihm, als würden sie meistens auch noch Recht behalten. Das war vielleicht das, was ihn am meisten beängstigte. In diesem Moment kam dem Erzähler Folker das erste Mal wie eine seiner Meinung nach typische Frau vor.

„Wo ist mein Sohn?", fragte sie forsch.

„Ah, das ist wohl der Herr Vater? Ich gratuliere Ihnen", kam es ruhig zurück, während Dr. Kabelschnur auf Laber-Ra-Barbar zuschritt und ihm seine kräftige Hand reichte.

Der Erzähler fühlte sich geschmeichelt.

„Nicht doch, schön wär's. Ich meine, sie ist eine reizende Person …", stammelte der Erzähler und blickte verlegen hinter sich auf die eingetretene Tür. „So direkt und zielstrebig, aber nein, ich bin nur ein Bekannter, wir haben uns zufällig …"

„Das geht Sie nichts an", fiel ihm Folker ins Wort. Laber-Ra-Barbar verstummte dankbar, während sie fortfuhr: „Also, wo ist er? Ich würde ihn gern mit nach Hause nehmen."

Der Arzt zupfte unruhig an seinem Kittel herum und wirkte für einen Moment nervös und abgeschlagen.

„Nun ja, Ihr lieber Junge, ähm … Ihrem Jungen geht es bestens. Er bewegt sich in unserem Areal, als wäre er hier zu Hause", wich der Arzt aus. „Lassen sie mich eben nachfragen." Und schon war er erstaunlich flink an Folker vorbeigehuscht und im Flur verschwunden. „Schwester Agnetha!", hörte die junge Mutter ihn rufen und wurde unruhig.

Sie rannte hinter ihm her. Laber-Ra-Barbar hörte heftiges Stimmengewirr und sprang auf. Bevor der Erzähler um die Ecke bog, hörte er einen dumpfen Aufschlag. Er blickte in Folkers zorniges Gesicht.

„Wo ist der Doktor?", fragte er besorgt.

Ein leises Stöhnen dirigierte seinen Blick nach unten.

„Um Himmels willen!", rief Laber-Ra-Barbar und half dem Niedergeschlagenen auf die Beine. „Was hast du getan?", wandte er sich vorwurfsvoll an Folker.

„Ihn an der Flucht gehindert", kam es hörbar befriedigt zurück.

„Flucht?" Laber-Ra-Barbar verstand nichts mehr. Und dann kam der Sicherheitsdienst. Zwei kräftige Burschen in albernen Uniformen packten die beiden forsch am Kragen und zogen sie Richtung Ausgang. Laber-Ra-Barbar wollte protestieren, was ihm mangels Übung misslang. Gleichzeitig fiel ihm auf, dass Folker beim Strampeln und Fluchen zwar eine deutlich bessere Figur machte, das Ganze jedoch ohnehin aussichtslos schien. Die Türen schlugen hinter ihnen ins Schloss.

„Großartig."

„Was willst du?", fragte Folker genervt.

„Nun sitzen wir hier draußen und haben außer schmerzenden Gliedern nichts erreicht", entgegnete der Erzähler ebenso genervt, während er sich den Steiß rieb.

„Doch, haben wir."

„Ach ja? Da bin ich aber gespannt."

„Genugtuung", erklärte Folker zufrieden.

„Toll. War dir die Genugtuung eine Vorstrafe wert?", kam es belehrend zurück. „Du hast jemanden verprügelt, einen angesehen Arzt. Das war Körperverletzung! Du bist eine Verbrecherin und kannst von Glück sagen, dass sie dich nicht wegen versuchten Totschlags drankriegen wollen, ich fasse es nicht."

„Oh man, Laber-Ra-Barbar, komm mal wieder runter. Es ist doch kaum was passiert und der Kerl hat es außerdem verdient!", rief sie und dachte spontan an die Veilchen in ihrem Garten, die so viel besser aussahen als das von Dr. Kabelschnur.

„Mit Gewalt kommt man nicht weit", meckerte der Erzähler.

Folker rollte mit den Augen.

„Du bist keinen Schritt weiter oder willst du mir da widersprechen?", fuhr er fort.

„Doch, bin ich."

„Aha?"

„Er wusste nicht, wo mein Sohn ist."

„Und wie soll uns das helfen?"

„Wenn er nicht weiß, wo mein Sohn ist, besteht eine gute Chance, dass er aus eigenen Stücken gegangen ist. Und sich womöglich irgendwo herumtreibt."

„Folker, er ist kaum ein paar Tage alt!" Er konnte sich nur schwer vorstellen, wie ein Neugeborenes aus dem Krankenhaus spaziert.

„Du kennst ihn nicht!", rief sie erbost. „Du warst bei der Geburt nicht dabei."

„Trotzdem, nach ein paar Tagen – aus eigenen Stücken gegangen? Geflohen? Na Prost Mahlzeit." Laber-Ra-Barbar schüttelte den Kopf. „Schau mal, ich habe…"

„Ach, halt die Klappe", fiel sie ihm ins Wort.

„Ich bleibe dabei, Gewalt ist keine Lösung", knorzelte Laber-Ra-Barbar.

„Reden bringt's auch nicht immer."

„Aber List."

Folker hörte schon nicht mehr zu. Sie war müde und der labernde Trottel nervte. „Weißt du was, du kannst ihn ja durchs Reden suchen", blaffte sie ihn an. „In der Zeit werde ich ihn finden. Zur Not auch mit Gewalt." Sie stand auf und marschierte in eine Richtung los.

Er schaute ihr nach. „Aber …!" Sie hörte es nicht mehr.

Der Erzähler blickte verwirrt zu Boden und zog die Aktenmappe unter seinem Hosenbund hervor, die er dem Doktor vom Schreibtisch entwendet hatte.

Du hast gestohlen, huschte es durch seinen Kopf und er bemühte sich redlich, es zu ignorieren. *Höchstens geliehen,* entgegnete er gedanklich. *Schwerer Diebstahl – du bist schuldig.* Er schüttelte den Kopf und seufzte. *Mitgehangen, mitgefangen,* beendete er den Disput und las die Aufschrift auf der Mappe: *Krankenakte Volker jr. STRENG VERTRAULICH*

Er wollte Folker helfen, notfalls auch mit Worten.

Mal schauen, ob wir damit weiterkommen, redete er sich Mut zu und schob seine emotionale Verwirrung beiseite, um sich auf sein Vorhaben zu besinnen und herauszufinden, welche Richtung er einschlagen sollte.

Folker fehlte ihm. Sie war nun schon ganze fünf Minuten fort. Sie schien immer zu wissen, was zu tun war. Oder zumindest wusste sie, was sie zu tun hatte. Sie war so selbstbewusst und fokussiert. Und als ob das nicht schon genug wäre, war sie auch noch hübsch.

Er wollte ihr dringend helfen. Und den Mörder seiner Mutter finden. Sich zu verlieben, hatte eigentlich nicht zu seinem Plan gehört. Er steckte die Mappe wieder ein, blinzelte in die Sonne und marschierte in eine andere Richtung los.

ZWÖLF

FREMDENVERKEHR

Was ist das Leben?

Noch nie hatte der Gnampir bei einem Biss so intensiv den Nektar allen Seins geschmeckt. Noch nie hatte er von derart frischem und ergiebigem Dasein gekostet. Noch nie war ihm der Drahtseilakt zwischen Völlerei und anhaltendem Genuss so schwer gefallen.

Das Leben ist süß.

Diese Erkenntnis stand in hochhausgroßen Lettern vor ihm und damit die unabdingbare Einsicht: Er durfte den Jungen nicht achtlos aufbrauchen, sich der Gier nicht hingeben. Er musste das Leben in sorgfältig eingeteilten Rationen genießen. Das bedeutete auch, dass er noch eine Weile Gouvernante spielen musste – eine Rolle, die dem Gnom nicht gerade auf den Leib geschrieben war. In Wahrheit stand dort: *Klein aber Gnohom.*

Diesen Spruch hatte er sich einst in einem Hafenstädtchen bei einer Epidermisgravurstätte in die Haut seines breiten Rückens stechen lassen müssen. Ein Ereignis, dass seine

Wettleidenschaft einzudämmen wusste, wenn auch nur für kurze Zeit.

Sicher, er hatte schon oft über alternative Nahrungsquellen nachgedacht, die ihm das Leben versüßen könnten. Kuchen und Gebäck zum Beispiel, die schon einige Leute ins körpergewichtige Abseits gedrängt haben. Oder fruchtiger Wein, in dessen Genuss Segen und Unheil menschlichen Daseins so nah beieinander lagen. Doch er brauchte nichts als ein Stück vom Leben anderer. Nichts sonst konnte ihm echte Lebenskraft schenken. Es existierte keine Ersatzdroge auf dieser Welt. Hätte Volker darum gewusst, hätte er den Gnom sicher bemitleidet.

„Au!", platzte es aus ihm heraus.

Der Gnampir wich erschrocken zurück, leckte sich dabei aber genüsslich über seine spitzen Zähne. Er musste einen Deal mit dem Jungen eingehen, um ihn an sich zu binden. Einen Pakt. Etwas von Dauer. Eine Beziehung?

„Entschuldige. Ich war hungrig", zischte er.

„Du kannst mich nicht einfach frei Schnauze anknabbern!", rief Volker vorwurfsvoll.

Frei Schnauze, das gefiel dem Gnampir. Oh, wäre seine Schnauze doch befreit von dem misslichen Umstand, der seiner Spezies das Leben zur reinsten Verhandlungsstrategie machte.

„Was soll ich tun?", erwiderte die Kreatur auf seiner Schulter mit dem herzerweichendsten Blick, den sie auflegen konnte. Für Herzen aus extrem weich geschlagener Sahne etwa. „Wir haben eine Vereinbarung, du erinnerst dich: Ich zeige dir das Leben und darf dafür von deinem kosten."

„Dann zeig mal her. Mir ist nämlich langweilig." Volker lehnte missmutig an der kühlen Hauswand.

Der kleine Gnampir rollte mit den Augen. Dieser Junge war offenbar binnen kürzester Zeit ein junger Mann geworden.

Zumindest phänotypisch gesehen. Er sog Wissen auf wie ein trockener Schwamm und mutierte so in Windeseile zu einer allwissenden Zapfsäule. Intellektuelles Blut, das Lebenselixier Wissen garniert mit einer Kuvertüre roter und weißer Blutkörperchen. Dieser Cocktail aus Wachstumshormonen und undefinierbarem magischem Gedöns versprach dem blutleeren Geschöpf eine völlig neue Dimension geborgten Lebens.

Der Gnampir blickte verstohlen umher und zischelte ein paar unverständliche Laute. Er wurde unruhig. Das Unangenehme seiner Existenz war der Umstand, dass es für das Blutsaugen einer Übereinkunft bedurfte. Quid pro quo sozusagen. Auch Schattenwesen wurde eben nichts geschenkt. Entsprechend waren Kinder beliebte Wirte, die sich leicht in ein Gespräch verwickeln und zu allerhand Blödsinn überreden ließen. Leider traf man sie selten in der sicheren Abgeschiedenheit verlassener, dunkler Winkel der Stadt an. Meist hatten sie Eltern an der Hand und in hellem Tageslicht war ohnehin schlecht Beute machen. Somit befand er sich in einer besonders aussichtsreichen wenn auch verzwickten Situation. Ein paar Bisse verteilt auf wenige Tage wären Verschwendung gewesen. Hier bedurfte es einer Vereinbarung auf Dauer.

„Also, wie sieht's aus?", erwiderte er auf die lustlose Äußerung seiner menschlichen Zapfsäule. „Soll ich dir das pralle Leben zeigen? Prall, harhar, wie passend. Die raue, schroff-schöne Seite des puren Lebens? Des absolut authentischen Vorsichhinlebens, des reinsten Vergnügens der Zeitverschwendung? Ja, ich kann aus dir einen Lebemann machen. Klingt gut? Fein, dann schlag ein und gewähre mir einen Schluck deines Lebenselixiers."

„Okay."

„Das war's? Keine Diskussion? Kein *ja, aber*?"

„Nö."

„Also ich darf weiterhin dein süßes heranwachsendes Blut schlürfen und zeige dir anschließend was vom Leben …"

„Herrjeh, nun lass uns anfangen. Ich will was sehen!"

„Das war's? So einfach?"

„So einfach scheint es nicht zu sein, wenn du so lange nachfragst?"

„Äh, also …" Der Gnampir sortierte seine Gedanken. Und seine Sucht. Er sah das Blut förmlich durch die Adern strömen, hörte den Herzschlag und leckte sich noch einen Tropfen vom Mundwinkel. „Wir werden fortan durch ein unsichtbares Band aneinander gebunden sein. Nur so am Rande bemerkt."

„Mann, mach schon, ich will schließlich was erleben", quängelte der Junge.

„Okay."

„Gut."

„Ich beiße jetzt etwas fester. Tiefer."

„Manno, jetzt quatsch nicht so viel rum …"

„Es könnte etwas piksen."

„Wenn du jetzt nicht endlich losgehst, kommen wir hier nie weg. Satan Anna, sieh zu!"

„Anna?" Es entstand eine kurze Pause. Als der Junge sich nicht erklärte, zuckte der Gnampir mit den Schultern und biss zu.

„Autsch!"

„Ich sagte, es könnte wehtun."

„Können wir jetzt…endlich…gehen?"

Der Gnampir nickte eifrig, schlürfte noch einmal herzhaft und wies dann mit einem krummen Arm nach vorn. „Geradeaus, aus der Sackgasse heraus."

„Darauf wäre ich nie gekommen."

„Deswegen sage ich's dir."

Volker verdrehte die Augen. „Das war ironisch gemeint."

„Was?"

„Herrje, wenn ich das vorher gewusst hätte ..."

Volker seufzte. Der Gnampir blickte ihn verwirrt an. Den meisten Opfern machten die Verletzung, der Blutverlust und das vorschnelle Altern zu schaffen. Volker hingegen schien gelangweilt. Tatsächlich seufzte der männliche Junge nicht etwa, weil der Gnampir wegen Blutmangels hin und wieder zubiss, sondern wegen seines viel unerträglicheren Mangels an Humor.

Und so gingen sie durch die dunklen Gassen. Volker wunderte sich, dass selbst die Dunkelheit zu überraschen wusste. Die ganze Umgebung schien im flackernden Schein vereinzelter Laternen unruhig zu wabern. Die Gerüche der einzelnen Stadtviertel tanzten Rhumba und verbanden sich in seiner Nase zu einem intensiven Cocktail: Fischrestaurants, Räucherkerzen, menschliche Ausdünstungen, feuchter lehmiger Boden.

„Wann sind wir da?"

„Dauert nicht mehr lang."

„Wie lang?"

„Nur eine kurze Weile."

Sie bogen mehrmals ab, sodass Volker keine Chance für Orientierung und Landschaftskenntnis sah. Sie mussten zurück bleiben. Die Häuser wurden schiefer, der Boden unebener, alles wirkte bedürftig. Und dunkel.

„Ich muss mal", sagte der Junge.

„Was?"

„Na pinkeln."

„Jaja, schon kapiert. Mach halt hier an die Ecke."

„Wie jetzt?"

„Na hier, an die Hausecke."

„Iiiieh."

Der Gnampir schlug die mit Krallen bewehrten Hände über dem Kopf zusammen, während Volker die Vorzüge des männlichen Geschlechts zu nutzen lernte.

Schließlich erreichten sie ihr Ziel. „Da vorn ist es", zischte es von seiner Schulter. Sie waren stehen geblieben und Volker erblickte kurz vor ihnen ein Wirtshaus. Auf der Straße stand ein Tisch mit karierter, fleckiger Tischdecke und benutzten Gläsern. Auf den beiden Stühlen lümmelten zwielichtige Gestalten in Rüschenhemden mit hohem, vergilbtem Kragen. Sie trugen deutlich sichtbare Narben und allerlei Metall im Gesicht und hielten Pfeifen in der Hand. Ein Schild über der Tür verriet ihm, dass sie am „Schiffer-Kavalier" angekommen waren. Ein Name, der die Spelunke ausgesprochen unpassend beschrieb, wie er fand.

„Und hier tobt das Leben?"

„Das ist der Schmugglerhafen. Wer sich mit dem Leben in seiner ungeschminktesten und spektakulärsten Form vertraut machen will, ist hier genau richtig, glaub mir."

„Und wer … lebt hier so?", fragte der Junge verunsichert.

„Alle und niemand. Piraten, Seeräuber, Spieler, Gaukler, Huren …"

„Was sind Huren?", fragte Volker.

„Na ja, Lebedamen eben."

„Ah, na die sollten was vom Leben verstehen, was?" Der junge Mann grinste.

„Exakt. Und vom Lieben."

„Lieb sind sie auch? Prima."

„Nun ja, äh … ja, sind sie. Sehr lieb."

Die Tür des Wirtshauses flog auf und ein Trunkenbold landete auf der Straße. Die beiden Schmuggler sahen gelangweilt auf und zuckten nur kurz mit der Schulter.

„Hey klasse, da ist was los. Lass uns da reingehen", jauchzte Volker.

„Ich sag ja, hier tobt das Leben."

Volker betrat das Etablissement. Und damit eine Welt, wie er sie sich selbst beim Inhalieren der Abenteuerromane, der menschlichen Dramen und schicksalsträchtigen Dokumentationen in der Bibliothek des Krankenhauses nicht schöner hätte vorstellen können. Er machte noch einen Schritt hinein und lauschte andächtig dem Knarzen der dunklen Holzdielen. Er reckte den Kopf, schloss die Augen und sog den Duft der weiten Welt ein. Verschütteter Gerstensaft, der über die Jahre in die Ritzen des Holztresens gesickert war. Die vom Rauch geschwärzte Decke. Der Geruch nach gebratenem Speck und altem Fett aus der angrenzenden Küche. Und die Ausdünstungen von mindestens zwei Dutzend mehr oder weniger verlebten Besuchern des Wirtshauses. All das vermischte sich zu einem würzigen … Etwas.

„Tztz, du hast wirklich noch viel zu erleben. Los, geh weiter, die Leute gucken schon", zischte ihm der Gnampir ins Ohr.

„Es ist herrlich", schwärmte Volker, der sich gerne noch einen Moment umgeschaut hätte, und ging weiter. „Vielleicht schauen die Leute auch, weil mir ein zischelnder Gnom auf der Schulter klebt wie ein nerviges Geschwür", mutmaßte er, während er sich zwischen Tischen und neugierigen Blicken hindurchschlängelte.

„Nein nein, das ist nichts Besonderes hier. Glaub mir, diese Leute haben bereits alles gesehen."

Sie stoppten am speckigen Tresen, der von einigen grün beschirmten Lampen ausgeleuchtet wurde. Volker nahm bedeutungsschwanger und etwas melodramatisch auf einem Barhocker Platz, der schon einige Jahrzehnte der Last vom Leben durchgeschüttelter Körper trotzte. Im Gegensatz zum Hocker fühlte sich der Junge ausgesprochen lebendig und erwachsen. Er räusperte sich übertrieben, wobei sich die Stimme überschlug.

Links neben ihnen saß zusammengesunken ein düsterer Kerl mit rauschigem Bart, in dem es ab und zu raschelte. Er trug einen speckigen Lederhut mit breiter Krempe und sein nackter, muskulöser Oberkörper steckte in einer abgewetzten Weste. Seine wulstigen tätowierten Arme beeindruckten Volker. Der Kopf hing gebeugt über einem gewaltigen Bierkrug, sodass sein Gesicht im Schatten blieb.

Bestimmt ein Halunke, überlegte der Junge und jauchzte innerlich vor Anspannung. Sie steigerte sich noch, als er verstohlen nach rechts blickte.

Eine Dame von fragwürdiger Schönheit verwöhnte die Umsitzenden mit Blicken. Verschwörerisch, verführerisch, verschwenderisch. Bei genauerem Hinsehen fragte er sich, was genau ihm an ihr eigentlich schön vorkam. Davon abgesehen, dass dem erst wenige Tage alten Jüngling jedweder Maßstab fehlte, waren die Eindrücke ohnehin zu vielseitig, um sie einigermaßen stilsicher bewerten zu können. Beeindruckend war sie allemal. Vielleicht waren es die gut sichtbaren Beine. Kräftig und standhaft könnte man sagen, proportional gefällig auf jeden Fall. Oder die vom Leben zwar gezeichnete, aber gepflegte Haut, mit der einen oder anderen Narbe verziert und von angenehmer Tönung. Vielleicht auch die ausladende Brust, die von einem hochinteressanten Kleidungsstück bedeckt wurde, das nur von zwei schmalen Schulterriemen gehalten und dessen dünner Stoff am Rand mit unzähligen kleinen Löchern kunstvoll verziert wurde.

„Spitze", wisperte der Junge.

„Stimmt", erwiderte der Gnampir, der dem unverhohlenen Blick gefolgt war.

Als die fragwürdige Schönheit ihnen den Kopf zuwandte, war es um Volker geschehen. Ihr Gesicht versprühte eine Form der Weisheit, die aus viel Leid und wenig Glück erwuchs und ihren Halt im Glauben an ein gutes Ende von allem fand. Eingerahmt wurde ihr Antlitz von hochgesteckten brünetten Haaren, deren Duft ihm den Atem raubte.

„Atemberaubend", hauchte er entsprechend.

„Danke", erwiderte sie mit herber Stimme.

Der Gnampir spürte den Moment absoluter Handlungsunfähigkeit und die damit verbundene Ratlosigkeit, die sich gerade Zutritt zum Gemüt seines Wirtes verschafft hatten und es sich dort bequem machten. Er klappte den sperrangelweit offen stehenden Mund seines menschlichen Wirtes zu. Es sah einfach dämlich aus, wenn die beiden Szenerieadditive einander auf diese Weise die Hand reichten.

„Hey, lad sie zu einem Drink ein", half er Volker auf die Sprünge.

„Möchten Sie … etwas trinken?", stammelte der in Richtung der fragwürdigen Schönheit.

„Wie freundlich, sehr gerne", kam es sonor zurück, während sie ihre kräftigen Beine übereinander schlug. Der Wirt, der die kurze Unterhaltung mitbekommen hatte witterte Geschäft und stellte im Handumdrehen zwei Gläser mit goldgelber Flüssigkeit und Schaum vor Ihnen auf den Tresen.

Wow, so einfach ist es also, mit dem anderen Geschlecht ins Gespräch zu kommen, dachte Volker. Seine Augen gingen auf Wanderschaft. Über die hügeligen Dünen ihres Brustkorbs, an dem geschmeidigen Tal ihrer Taille entlang bis über die sanften Wogen ihres mehr oder weniger verborgenen, gleichschenkligen Liebesdreiecks.

In seinem Kopf lieferten sich die Informationen der Gesundheitslexika, die er in der Klinik kurz vor seinem Ausbruch vertilgt hatte, ein amüsantes, wenn auch wenig romantisches Wettrennen. So war ihm klar, dass gerade seine

Amygdala sowie sein Hypothalamus in Aufruhr gerieten und sein Körper von Noradrenalin und Dopamin geflutet wurde. Wie sich das allerdings anfühlte, war ihm völlig neu. Fremd. Großartig. Es fühlte sich aufregend und richtig an. Richtig aufregend.

„Und was machst du hier?", fragte sie.

„Ich?"

„Wer sonst?"

„Nun ja, ich … äh … frage mich, wie du heißt?"

„Susi vielleicht?"

„Wieso vielleicht?"

„Oder Tilly? Was gefällt dir besser?"

„Was mir … äh … hm, ich kenne nicht viele Namen." Er wurde nachdenklich. „Folker kenne ich. Folker ist ein schöner Name."

„Volker? Wer heißt so?"

„Meine Mutter."

Der Gnampir schlug die Hand vor die Stirn. Er wollte im Erdboden versinken. Sich in stinkenden Qualm auflösen. Oder mindestens am anderen Ende der Stadt darauf warten, dass die Unterhaltung ein schnelles Ende fand. Das Gespräch auf die eigene Mutter zu lenken kam einem Fiasko gleich. Zum Glück war das dem Objekt der Begierde herzlich egal.

„Soso, deine Mutter. Eine gute Frau", fuhr Sie herzlich fort.

„Kennst du sie?" Das Gesicht des Jungen hellte sich auf.

„Nein."

„Aber wieso …?"

„Na, sie hat dieser Welt einen so tollen und hübschen jungen Mann geschenkt." Sie lächelte.

„Ah, danke", errötete er.

„Darauf trinken wir." Sie stießen an und tranken ihr Bier. Danach schwiegen sie kurz, während der Alkohol den unversehrten Körper des neugeborenen Mannes und sein Gemüt in Schwingungen versetzte.

„Sag was Nettes", zischelte sein Begleiter. „Mach ihr ein Kompliment. Oder so."

„Ich habe deine wunderschönen, äh, Brüste bemerkt", wandte sich der Junge seiner Nachbarin zu, zog eine der herabhängenden Lampen heran und leuchtete ihr unbeholfen ins Gesicht. „Doch im Moment interessieren mich deine Augen viel mehr." Er hoffte mit Charme zu punkten.

Diverse tölpelhafte Komplimente und Schmeicheleien später entschwand die schöne Brünette mit dem erwachsenen Kind. Auf dem Weg ins Obergeschoss dachte der Gnampir über die Ereignisse nach, deren Zeuge er gezwungenermaßen werden würde. Das war selbst für einen erfahrenen hinterlistigen Wicht zu absonderlich. Kurzentschlossen sprang er im letzten Moment ab und wartete vor der Tür.

Zum Glück war wenige Momente später bereits alles erledigt. Was dem allzu deutlich zutage tretenden Unterschied zwischen Theorie und Praxis zuzuschreiben war. Rasch liefen die drei die Treppe zum Schankraum wieder hinab. Dem jungen Mann tropften die Schweißperlen von der Stirn. Blaue Flecken schimmerten als Zeugnis des ersten sehr leidenschaftlichen Liebesaktes unter seiner zerrissenen Kleidung hervor. Sein Blick war entrückt.

Seine Gespielin steckte sich raffiniert die Haare hoch und blickte ihn an, als sie am Fuß der Treppe angekommen waren.

„Ging es für dich auch so schnell wie für mich?", fragte Volker außer Atem.

„Ging recht flott. Ein flotter Dreier, was?" Sie lachte in tiefem Ton.

„Ich verstehe nicht ganz..."

„Länger als drei Minuten hat es wohl kaum gedauert, was?", gab sie amüsiert zurück.

Er schwieg und sortierte seine Gedanken, was sich als ziemlich aufwändig herausstellte.

„Macht fünfzig Pe-Nunzen."

„Was?"

Der Gnampir ließ ob der Unbeholfenheit des Jungen den Kopf sinken. Okay, das Blut war von aller erster Güte, aber war es den Preis nervtötender Naivität wert?

„Na, ich will für meinen Dienst entlohnt werden", blaffte die fragwürdige Schönheit.

„Liebe kostet Geld?" *Wieder was gelernt,* dachte Volker.

„Liebe? Mit Liebe hat das nichts zu tun. Verkehr, mein Freund, Verkehr kostet Geld. Liebe kostet dich den Verstand."

„Verkehr? Mit einer Fremden? Für fünfzig Pe-Nunzen?"

„Sch", zischte der Gnampir leise in sein Ohr. „Das ist kein schlechter Preis für das, was sie mit dir angestellt habt."

„Normalerweise fünfundzwanzig, aber wir Transgender nehmen das Doppelte. Logisch, oder?", gab sie Auskunft.

Fünfzig Pe-Nunzen für eine mehrgeschlechtliche körperliche Kollision waren in den dunklen und inspirierend zwiespältigen Ecken der Stadt ein gängiger Preis, für einen Neugeborenen jedoch unbezahlbar.

Der Gnampir rückte noch näher an Volkers Ohr. „Und hey, es war dein erstes Mal, richtig? Und dann gleich das volle Programm mit Männlein und Weiblein. Komm schon, du kannst dich echt nicht beklagen. So viel pure Lebenslust in so kurzer Zeit! Ich habe dir nicht zu viel versprochen, was? Und nun bezahl den guten Mann und dann sehen wir weiter. Mich dürstet …"

„Mann?", stutzte der Entjungferte und machte ein unschuldiges und ratloses Gesicht, bis seine Gedanken zum Thema zurückkehrten. „Woher soll ich so viel Geld nehmen?", raunte er.

„Das ist jetzt nicht dein Ernst, oder?", zischten ihn der Ganmpir und die stattliche Schönheit gleichzeitig an.

Volker wollte lieber nicht diskutieren, schluckte schwer, fummelte an den Knoten in seinen Gedanken und stolperte in ein Meer aus Verzweiflung. Während die Wogen der Ratlosigkeit über ihm zusammenschlugen und ihn ein Strudel aus Verwirrung fortzureißen drohte, riss ihn sein Begleiter aus seiner Lethargie.

„Glotz nicht, nimm deine Beine in die Hand und nichts wie weg hier!"

„Wie soll das gehen?", flüsterte Volker.

„Na nichts wie weg hier eben."

„Mit den Beinen in der Hand?"

„Man, lauf!"

Die Blicke der Umsitzenden hatten die Richtung gewechselt und sammelten sich auf der Szenerie am Fuß der knarzigen Holztreppe. Keiner der hier Anwesenden war ein Kind von Traurigkeit und die meisten hatten was auf dem Kerbholz, aber die Zeche gegenüber einer Lebedame prellen, das gehörte sich nicht. Grund genug also, um gegebenenfalls eine unterhaltsame Prügelei zu beginnen. Vorfreude drängelte sich zwischen die Anwesenden und lud Aggressivität zu einem Stammtisch schlagkräftiger Auseinandersetzungen ein. Die Situation drohte zu eskalieren.

„Au!", rief Volker.

Der Gnampir hatte herzhaft zugebissen, sich einen von Hormonen getränkten Blutschnaps runtergestürzt und die zur Balzsäule erstarrte Gestalt wieder ins Hier und Jetzt geholt.

„Lauf, verdammt!"

Volker stürmte los, schubste Umstehende rüde zur Seite, brach sich Bahn und stieß schließlich die Tür auf. Das erboste Gezeter der fragwürdigen Schönheit klingelte ihm in den Ohren. Sie war ihm auf den Fersen.

Die Rufe der Piraten, Räuber und Halunken schwollen an. Der alkoholische Dunst schien sich zusammenzuziehen und die Stimmung kippte endgültig von einladender Geselligkeit zu ausladender Verärgerung.

Der junge Mann stürzte auf die Straße und rannte. Sein jugendlicher Körper, wenngleich noch ausgezehrt vom Fremdenverkehr, kam ihm gelegen. Er lief und lief und mit ihm sein Schweiß. Das Stimmengewirr nahm langsam ab, während Volker die Kaimauern und schließlich die Stadtgrenze hinter sich ließ und in der schützenden Dunkelheit des umliegenden Waldes verschwand.

Volker atmete rhythmisch, lief leichtfüßig über den unebenen Boden und verdrängte fieberhaft den Gedanken, dass ihm nicht nur der bissige Gnom im Nacken saß. Zu ihm gesellte sich die Angst, die fragwürdige Schönheit würde ihn einholen. Er reduzierte die Geschwindigkeit, ging aber raschen Schrittes weiter. Tiefer in den Wald hinein, eine ganze Weile später am anderen Ende hinaus und über ein weites Feld. Wie der Scherenschnitt einer hochgewachsenen Vogelscheuche marschierte er stramm unter gleißendem Mondlicht, im steten Zwiegespräch mit dem Knubbel auf seiner Schulter.

Ein zweifellos legendärer Abend. Eine verruchte Momentaufnahme atemlosen Lebens. Ein von Lust getränkter Meilenstein an der Landstraße des Erlebens, unterwegs in Richtung dessen, was Bücher nicht zu vermitteln in der Lage waren.

„Das war es wert", murmelte er mehr zu sich selbst als zu seinem Begleiter.

„Sag ich doch", erwiderte der Gnampir, als sich die Umrisse eines Häuschen in den zwielichtigen Himmel des beginnenden Tages zeichneten.

„Zeit, sich auszuruhen."

Volker gähnte, froh über die Chance einer Unterkunft. Nach einer weiteren Weile erreichten sie müde das Gebäude. Tatsächlich befand sich niemand auf dem Grundstück oder im Haus.

„Ein Zuhause muss was Schönes sein", murmelte er, während der Gnampir genüsslich die Beine der umstehenden Holzmöbel anknabberte, um so seinen Hunger zu stillen. Zum Nachtisch würde er diesen Tag noch mit einem kleinen Blutcocktail ehren.

Das alles bekam der Junge nicht mehr mit. Er ignorierte auch das Zwitschern der erwachenden Krachstelzen und fiel auf einem geflochtenen Küchenstuhl in einen unruhigen Schlaf.

DREIZEHN
WENDUNGEN

Erschöpft trottete Folker durch die überfüllten Gassen der Stadt und fühlte sich darin bestätigt, Krankenhäuser zu hassen und auf Ärzte zu pfeifen. Und während sie vor sich hin pfiff, kam ihr die Schicksalsmelodie in den Kopf. Einige wenige Takte ließen sie innehalten und über das Schicksal nachdenken.

Schicksal, du Miststück. Sie musste zugeben, das war kein besonders ausführlicher oder tiefgründiger Gedanke, aber ein wohltuender. Sie mochte es nicht, wenn ihr die Dinge aus der Hand genommen wurden, sich ihrer Kontrolle entzogen. Und das Schicksal war diesbezüglich definitiv der verlässlichste Quell jedweden Ärgers.

Folker hatte den *Richtungsweiser* im Zentrum der Vierziggeteilten Stadt erreicht, in dessen Nähe sie vor einem gewaltigen Brunnen zum Stehen kam. Aus der Mitte des riesigen Beckens ragte eine mächtige Säule empor. Aus ihr traten mehrere Röhrchen hervor, die das Wasser plätschern ließen.

Speiender Schachtelhalm, endlose Mär der Wiederkehr -
Abstrakte Kunst, Künstler unbekannt stand auf einem
Schildchen.

Gerne hätte Folker dem Brunnen zugestanden, dass er
diesen Platz ziere, doch seine massive lieblose Bauweise
vernichtete jedes Wohlwollen. Sie ließ sich auf dem
Brunnenrand nieder.

Scheißbrunnen, fuhr es durch ihren Kopf. Er war wie das
Schicksal, stand unausweichlich zwischen ihr und ihrem Ziel,
ob sie ihn mochte oder nicht. Er plätscherte seine ewig
währende Melodie aus albernen Öffnungen. Selbst wenn man
einen Bogen um ihn machte, den Blick abwandte, wäre das
Plätschern noch da. So stand er dort: ungefragt,
unveränderbar, unmöglich.

Sie sehnte sich nach dem freien Blick, den sie aus den mit
blauen Holzläden versehenen Fenstern ihres bescheidenen
Hauses genoss. Sehnte sich nach der Geborgenheit der Liebe.
Nach der Nähe ihres rätselhaften gesprächigen Weggefährten.
Nach ihrem Sohn.

Als sie so dasaß und nachdachte, wurde ihr schmerzlich
bewusst, dass es für sie in der letzten Zeit mies gelaufen war.
Sie hatte sich verliebt, kurz darauf war ihre Liebe spurlos
verschwunden. Sie hatte einen netten Weggefährten
kennengelernt und auch ihn aus den Augen verloren.
Außerdem hatte sie ein Großkind geboren und es kaum, dass
es auf der Welt war, schon wieder verloren. So gesehen war sie
ganz schön angeschmiert. Und allein.

Erst nach einer Weile tauchte sie wieder aus ihren
Gedanken auf. Um sie herum hatte sich einiges getan. Der
Brunnenrand war nun dicht bevölkert. Wenigstens als
Begegnungsstätte mochte er wohl nützlich sein. Turtelnde
Pärchen saßen hier, gurrende Tauben oder kopulierende
Insekten dort. Überall wurde das volle Programm

einträchtiger Nähe, persönlicher oder wenigstens körperlicher Vertrautheit und sorgloser Zweisamkeit zelebriert. Sie fühlte sich allein.

„Blödsinn!", rief Folker über den Platz und setzte ihrem Gedankenstrom damit ein jähes Ende. „Ich lasse mich nicht unterkriegen. Ich bekomme das alles wieder in den Griff. Und du", wandte sie sich an den Brunnen, „plätschere ruhig. Du versperrst mir nicht mehr den Blick. Wir haben uns das letzte Mal gesehen."

Sie stand auf und bahnte sich einen Weg durch die Menschenströme.

Folkers Schritt war stramm. Sie fand langsam wieder zu alter Form zurück. Die Sonne strahlte, nur vereinzelte Wolken trübten die ausgesprochen gute Laune des Wetters. Auch sie war wieder besser gestimmt und das Marschieren ging ihr leicht vom Fuß. In der stillen Abgeschiedenheit ihres Hauses würde sie schon eine Idee haben, wie sie die Menschen wiederfand, die ihr das Schicksal genommen hatte.

Mit derlei Gedanken hielt sie sich eine Weile bei Laune, bis sie schließlich die Müdigkeit zur Rast mahnte. Eine groß gewachsene Klecker-Kastanie inmitten einer saftig grünen Wiese lud zum Verweilen ein. Eine Einladung, die Folker gern annahm. Sie ließ sich im kühlen Schatten des starken Baumes nieder, der ruhigen Schlaf versprach. Folker blinzele noch einmal in die Sonne …

Als sie erwachte, stellte sie fest, dass der Schatten sein Versprechen gehalten hatte. Sie fühlte sich ausgeruht und gestärkt, von der Last der Großstadt befreit. Eine karierte Echse musterte sie neugierig von einem warmen Stein aus und irgendwie kam sie Folker vertraut vor.

„Warum nicht", sagte sie im Aufstehen. „Komm, kleiner Freund. Ich kann etwas Gesellschaft gebrauchen. Wer ist schon gern ständig allein?" Sie nahm ihren Weg wieder auf.

Die Echse hob den Kopf und das Schnalzen ihrer Zunge gab Folker das Gefühl, als hätte sie verstanden. Das flinke Tier sprang vom Stein herunter und krabbelte in Windeseile hinter der jungen Frau her. Folker freute sich. Tiere waren schließlich die besseren Menschen.

Es dauerte noch eine Weile, bis sie ihr Haus am Horizont erblickte. „Siehst du", sagte sie, „da vorn, das ist mein Reich. Was braucht man mehr? Hm? Herrlich, nicht wahr?"

Die Echse schnalzte erneut.

Folker wunderte sich nicht schlecht, als sie die Eingangstür offen vorfand. Vorsichtig betrat sie ihr Anwesen, wie sie es gern nannte. In ihrem Herzen war dieses schiefe Steinhaus ein Schloss, prächtiger als königliche Burgen, prunkvolle Sommerresidenzen oder herrschaftliche Prachtvillen. Es war ihres.

Sie betrat das Wohnzimmer und ihre Augen weiteten sich. „Wer hat von meinen Möbeln gegessen?", rief sie beim Anblick angeknabberter Sofafüße, Tischbeine und Beistelltische. Auch das Bett schien benutzt worden zu sein. Ihr Herz zog sich zusammen.

Ängstlich schlich sie von Raum zu Raum. Ein lauter Zischlaut ließ sie zusammenfahren. Sie verharrte kurz vor der Küchentür und lauschte. Die Echse schnalzte aufgeregt und krabbelte flink auf ihre Schulter.

„Sss harhar", hörte sie es erneut. Das Geräusch schien sich zu entfernen.

Folker nahm ihren Mut zusammen und stieß die Tür auf. Ihr Herz schien vor Aufregung aus ihrer Brust springen zu wollen. Ein Blick zur Spüle, zum Tisch und den Stühlen – die Küche war leer, doch die Tür zum Garten stand offen. Draußen auf der Wiese sah sie eine große Gestalt mit einem Knubbel auf der Schulter. Sie rieb sich die Augen. Es war tatsächlich ein Knubbel.

Die Figur, die ihrem Sohn täuschend ähnlich sah, machte sich fröhlich hüpfend vom Acker und tänzelte Richtung Wald. Den Knubbel hörte sie rufen: „Har, da kannst du was erleben. Wart's nur ab!", bis die beiden ihren Blicken entschwanden.

Sie öffnete den Mund, doch nichts kam heraus. Tränen schossen ihr in die Augen. Die erneute Erinnerung an das Krankenhaus, die Geburt und das Verschwinden ihres Sohnes ließ sie erstarren. Sie fühlte sich dem Schicksal einmal mehr ausgeliefert.

„Volker!", rief sie, doch wie sollte er sie hören? Er war bereits zu weit weg. Sie stützte sich kurz am Türrahmen ab und gab sich einem winzigen Moment der Verzweiflung hin. Ihr Sohn war ihr schon das zweite Mal entwischt. Und er hatte einen sprechenden Knubbel auf der Schulter. Eine eloquente Beule. Was war bloß mit ihm geschehen?

„Gr", grollte sie. Und rannte los.

Die Echse schnalzte zwei Mal.

Das Schicksal wollte es offenbar wissen.

„Los", antwortete Folker. „Wir holen sie noch ein."

VIERZEHN
LEBENSLAUF

Laber-Ra-Barbar rannte so schnell er konnte. Schweißperlen tropften von seinem Kinn auf die Erde. Der Abend hatte sich über die Stadt gelegt, die Straßen leerten sich. Diejenigen, die sich nicht vorgenommen hatten, einen Mord zu rächen, ein Kind zu finden und mit einem merkwürdigen schmetterlingsartigen Kribbeln im Bauch fertig zu werden, ließen den Tag im Kreis der Familie ausklingen. Bei einem Bierchen und einem Schmorbraten. Oder bei Wein, Weib und Gesang. Oder Kerl und Gegröle. Was auch immer, es wäre allemal besser, als den Abend mit Rennen zu verbringen.

Laber-Ra-Barbar schaute sich hektisch um. Er war nichtsahnend durch die Stadt gestrichen, die Aktenmappe fest unter dem Arm, als ihn ein kleines Schild lockte.

Für Alle, die auf der Suche sind:
Willkommen im Viertel vergeistigter Armer.

stand dort geschrieben und er war der Meinung, das höre sich gut an. Sein Blick huschte flüchtig über die eng stehenden Häuserzeilen. Aus den hell erleuchteten Fenstern drangen die Geräusche emsigen Künstlerdaseins. Werkzeuge hämmerten und schliffen, Instrumente wurden gestimmt und es wurde gesungen, vorgetragen und debattiert. Schneider hatten sich vor ihren schmalen Nähstuben aufgereiht, um die Passanten nach Stich und Faden um ihr Geld zu bringen. Angrenzende Maler taten es ihnen gleich und versuchten nach Strich und Farben zu verkaufen, was wenig wert schien. Vielleicht gäbe es ja hier, im Künstlerviertel der vierziggeteilten Stadt, Antworten auf seine Fragen. Das Schicksal ging schließlich oft merkwürdige Wege.

Es war dem Erzähler durch die eng geschlungenen kurvigen Gassen gefolgt, über viele Treppen auf und ab, bis ihn offenbar jemand zu erkennen geglaubt hatte.

„Da! Da ist er. Sieht gar gewöhnlich aus.

Nicht wie ein Verbrecher. Doch Schluss aus,

kommt Kameraden, machen wir ihm den Garaus!"[1]

Drei schmal gebaute Gestalten hatten sich aus dem Wirrwarr antiquarischen Schnickschnacks gelöst und waren ihm auf den Versen.

Erneut blickte Laber-Ra-Barbar sich um. Künstlerische Obskuritäten und Zeugnisse malerischer Interpretationswut säumten den wenigen Raum, der zwischen Häuserreihen und Kopfsteinpflaster blieb. Die drei Fremden huschten ihm inmitten dieses pittoresken Szenarios hinterher und schafften es, angsteinflößend auszusehen. Weniger durch ihre körperliche Präsenz als vielmehr durch die bedrohliche Schnelligkeit, mit der sie plötzlich die Jagd eröffnet hatten. Er wusste nicht, weshalb, aber die drei Kerle waren nicht nur wie aus heiterem Himmel aufgetaucht, sie hatten es definitiv auf ihn abgesehen. Irgendetwas hämmerte ein Warnschild an seinen präfrontalen Kortex, dass es wohl angebracht sei, schneller zu laufen. Und so lief er um sein Leben.

„Durch diese hohle Gasse muss er kommen!"[2]

Die Stimmen kamen wieder näher, offenbar hatten sie ihm den Weg abgeschnitten. Der Erzähler bog scharf rechts ab und fand sich in einer schmalen Gasse wieder. Die Stimmen waren fort. Offenbar hatten sie ihn für einen Moment aus den Augen verloren. Er gönnte sich eine kurze Verschnaufpause.

Eine vereinsamte Laterne spendete spärliches Licht. Die gemauerten Hauswände schienen bedrohlich nahe zu kommen und der staubig muffige Geruch von altem Papier schlich durch den schmalen Korridor und erfüllte zusehends die Luft.

Hatte er sie wirklich abgehängt?

„Ha, Bursche, du läufst zurecht – böses Gewerbe bringt bösen Lohn!"[3]

Der Erzähler lief weiter, hierhin, dorthin, stolperte, rappelte sich auf. Die drei Männer nahmen die Verfolgung wieder auf.

Es kann nicht schaden, um mein Leben zu laufen, dachte Laber-Ra-Barbar und gab sich alle Mühe, noch schneller zu werden. Er bog erneut ab, prallte an einem großen Etwas ab, torkelte und fiel rückwärts aufs Pflaster.

„Au!", entfuhr es ihm und er rieb sich den schmerzenden Steiß.

Die drei hageren Kerle bogen ebenfalls um die Ecke und stoppten vor dem eher unförmigen Koloss, an dessen Wanst die Flucht des Erzählers ihr jähes Ende gefunden hatte.

„Das war kein Heldenstück, Octavio!"[4], sagte einer der dürren Männer.

„Das war dein Meisterstück." Der zweite klopfte dem Koloss auf die Schulter. „Der rechte Mann an der rechten Stelle!"[5]

Der grunzte zufrieden und war offensichtlich stolz auf seine Heldentat.

Octavio? Ein reichlich eleganter Name für so eine plumpe Gestalt. Lächerlich. Laber-Ra-Barbar musste aufpassen, nicht zu lachen.

Vielleicht war dieser Kerl der Schlüssel zur Freiheit. Mit Kraft konnte der Erzähler nicht kontern, das gab ihm auch der schwere Fuß zu verstehen, der ihn auf den Boden drückte. Aber seine Menschenkenntnis hatte ihm schon oft weitergeholfen.

„Octavio?", ächzte Laber-Ra-Barbar zögerlich. „Ich muss sagen, auch ich bin beeindruckt. Aber sag, was ist eigentlich der Lohn für deine Heldentaten?" Der Erzähler atmete schwer und ungleichmäßig.

Octavio grunzte fragend.

Laber-Ra-Barbar hatte nicht erwartet, dass der wuchtige Kerl ihn auf Anhieb verstehen würde. War ja auch ein recht komplexer Satz, dem er dem Koloss an den Kopf geworfen hatte.

„Ich meine, wirst du gut bezahlt? Schließlich machst du die schwere Arbeit, während deine drei Kollegen mich nur noch aufzusammeln brauchen."

Der Koloss wurde unruhig.

Laber-Ra-Barbar war bewusst, dass diese abgedroschene Masche selten eine Wirkung erzielte. Zu durchsichtig war die Methode. Doch dieser Kerl überzeugte mehr noch, als durch seine furchteinflößende körperliche Imposanz, durch seine mentale Beschränktheit. Er musste einfach darauf anspringen.

„Diese Typen hier, sind das deine Freunde?", hakte Laber-Ra-Barbar nach. Kurze Sätze würden ihn weiterbringen.

Ein kurzes Grunzen bestätigte diese Annahme.

„Ich sag's nur ungern, aber die halten dich für völlig beschränkt. Mit Verlaub."

Das Ungetüm von einem Mann neigte den Kopf zur Seite und sah dabei bemitleidenswert aus. Fast niedlich. Und noch beschränkter als zuvor.

„Wann haben sie dich das letzte Mal belohnt?"

Ein fragender Blick war die Antwort.

„Hast du jemals Geld für deine Arbeit gesehen?"

Ein Grunzen.

„Schmuck?"

Noch eins.

„Irgendwas von Wert?"

Das Grunzen wurde auf ermunternde Weise heftiger.

Laber-Ra-Barbars Versuch einer Gehirnwäsche endete abrupt, als die drei Kerle ihm einen Stofflappen in den Mund stopften und ihm einen übel riechenden Sack über den Kopf stülpten.

„In der Beschränkung zeigt sich erst der Meister!"[6], rief einer der drei erzürnt. „Merk dir das, Octavio, du bist gesegnet."

„Darüber hinaus", warf der zweite ein, „Glück ist, seinen Anlagen gemäß verbraucht zu werden."[7]

„Eben", schloss sich Nummer drei an. „Was nützt aller Lohn, letztlich ist es doch so: Der wahre Bettler ist doch einzig und allein der wahre König!"[8]

Mit diesem hochtrabenden Gelaber verwirrten die drei ihren Knecht derart, dass er verstummte.

Laber-Ra-Barbar spürte, wie er vom Boden aufgehoben und bäuchlings über etwas gelegt wurde – vermutlich die Schulter des Kolosses. Dann begann sein Untergrund auf und ab zu wippen. Sie setzen sich offenbar in Bewegung. Das leise Grunzen seines Trägers drang zu ihm durch. Octavios Schulter war so breit, dass er sie beinahe als bequem bezeichnen konnte.

Sie marschierten eine Weile durch die Gassen des Künstlerviertels. Der Erzähler konnte hier und da ein paar Gesprächsfetzen der ansässigen Künstler vernehmen.

„… welch geschwungener Strich, eine Ästhetik, die sich zur Form gewordenen Schönheit, zur Abstraktion des innersten

Selbst auftürmt, mein Lieber. Was Sie da geschaffen haben, wird einigen Damen und Herren die Augen öffnen …"

Sie bogen um eine Ecke. Hier nahm der Duft nach Räucherstäben vehement zu. Die Atmosphäre wirkte selbst durch den Sack hindurch dicht und gedrängt. Ein Gefühl wie beim Ausharren inmitten einer Menschenmenge, die auf etwas wartete, machte sich in ihm breit. Nur dass anstelle der Menschen die Gedanken die Luft zu schwängern schienen. Sie mussten in eine Philosophengasse gelangt sein.

Eine Gegend, in der man Tage und Nächte damit zubrachte, auf eine Eingebung zu warten, die sich vielleicht einmal in Geld umwandeln ließ. Bis es so weit war, diskutierte man über alles und nichts, erschuf Probleme, wo keine sind, und hatte am Ende doch keine Antworten. Man vertrieb sich also die Zeit mit hohem oder auch hohlem Gewäsch, das einzig und allein dem Zweck zu dienen schien, die anderen Philosophen derart in Gedanken über das Gesagte zu verstricken, dass sie von der Eingebung abgehalten wurden und lieber noch ein Bier bestellten.

„… ich sehe das anders. Zeit ist relativ. Sind wir alt, nur weil wir so aussehen? Und wieso sieht man alt aus, wenn man nicht weiter weiß? Im Übrigen: Nicht weiter geht es am Lebensende, sondern viel weiter. Wenn der Tod nur der Beginn von etwas Neuem ist, gibt es keinen wirklichen Anfang und kein Ende. Alles ist im Fluss. Das muss ziemlich anstrengend sein, wenn man es zeitlich betrachtet. Wie schnell vergeht ein Tag? Zeit ist hier und jetzt, sie zwingt uns in ein Korsett, dass uns niemals passen wird. Lass sie, wo sie ist, und bestell noch ein Bier … und dann noch eins."

Wieder bogen sie ab, ließen das Palavern hinter sich. Es wurde lebhafter. Octavio musste offenbar öfter ausweichen, er schaukelte stärker hin und her. Doch zu keinem Zeitpunkt fürchtete Laber-Ra-Barbar um sein Leben, zu sicher fühlte er sich auf diesem Fels in der Brandung.

Laber-Ra-Barbar war durch den Geruch des Sackes, der ihn an einen alten, verstaubten Dachboden erinnerte, voll und ganz auf sein Gehör angewiesen, um sich eventuelle markante Stellen zu merken, die sie passierten. Sie mussten sich nun in einer Gegend aufhalten, in der vornehmlich Handwerker ihr Unwesen trieben: Goldschmiede, Kunstschreiner, Modeschaffende, Miniaturmetzger und dergleichen mehr.

„... feine zarte Schweinepastetchen mit ganzen Stücken? Sehr wohl die Dame, wie viel dürfen es denn sein?"

„... fehlt der letzte Schliff, du Nichtsnutz. Geh nicht so belanglos mit dem feinen Material um, sonst gehe ich mal belanglos mit dir um. Diese feine Kreissäge hier ..."

„... mhm du liebe Güte, der Stoff umfließt schmeichelnd deine Linien! Deine Statur inspiriert, mein Lieber, frohlockt, huuu gutt u gutt ..."

Laber-Ra-Barbar war froh, bald wieder aus dieser Ecke heraus zu sein. Während sich in allen anderen Vierteln weitestgehend Gleichgesinnte aufhielten, war hier die Vielfalt kurioser Typen schon beinahe angsteinflößend. Vom Metzger mit Sinn für Kleingeschnetzeltes über rüde Schreinermeister bis zu verknallten Modedesignern – allein die kurze Momentaufnahme in dieser lebhaften Gasse hatte ihm allzu deutlich vor Augen geführt, wie verwirrend die Stadt sein konnte.

Das Konzentrieren fiel ihm zunehmend schwer. Er spürte kaum noch, ob sie geradeaus liefen oder abbogen. Die Stimmen schwollen ab und ein schwerer Teppich aus Fischgerüchen legte sich über ihn. Laber-Ra-Barbar entglitt und träumte eine Weile von geräucherten Makrelen, die an Kreissägen arbeiteten, und von fangfrischem Aal, der sich in ein feines Basträckchen kleidete.

Das harte Aufschlagen auf dem Boden hatte ihn geweckt und ihre Ankunft verraten. Die drei hageren Kerle befreiten ihn von Sack und Knebel. Laber-Ra-Barbar blinzelte gegen das Licht einer Laterne und musterte sie. Von Octavio war weit und breit nichts mehr zu sehen.

Der Erzähler rieb sich die Augen und stand stöhnend auf. Die Glieder schmerzten und seine Lust auf Gegenwehr tendierte gegen Null.

„Was soll nun mit mir passieren?", wandte er sich gähnend an seine Entführer.

„Das Leben kommt auf alle Fälle aus einer Zelle. Doch manchmal endets auch – bei Strolchen! - in einer solchen!"[9], lautete die geflügelte Antwort.

Damit war auch die Lust auf weiteres Nachfragen versiegt. Aber vielleicht hatte ihn dieses illustre Trüppchen ja zu jemandem gebracht, mit dem er besser reden konnte.

Hoffnungsvoll schaute er sich um. Sie befanden sich – wie sollte es anders sein – in einer Gasse. Sie war jedoch anders als die anderen Gassen, die er gesehen, gerochen oder gehört hatte.

Es war sonderlich still, keine Menschen auf der Straße.. Die Häuser standen akkurat aneinandergereiht. Aus einzelnen Fenstern sickerte schwaches Licht auf die Straße, das sich in den Spalten und Ritzen des Kopfsteinpflasters verlief. Riechen konnte Laber-Ra-Barbar nichts. Zu sehr räkelten sich Restschwaden von Fischausdünstungen an seinen Nasenscheidewänden.

Irgendwie kam ihm diese Gasse bekannt vor. Die drei zerrten ihn zu einer krummen, knorpeligen Holztür. Er warf einen Blick auf das Schild, das neben ihr an der Hauswand angebracht war: *Büchergilde – Lesen und Lesen lassen.*

Hm, man hatte ihn also zu Freunden der Literatur gebracht. Das erklärte die merkwürdig geschwollene Ausdrucksweise seiner Entführer, nicht jedoch, was man von ihm wollte.

Sie klopften sachte an.

„Herein", vernahm er eine angenehm brummende Stimme und schöpfte erneut Hoffnung auf die baldige Aufklärung eines wie auch immer gearteten Missverständnisses.

Sie betraten einen kleinen Raum, in dessen Mitte ein krummer Tisch stand, der von schweren Sesseln mit abgenutzten Bezügen umringt wurde. Die Wände waren gesäumt mit Regalen, die nichts anderes beherbergten als Bücher. Dicke gehaltvolle, schmale feine, schwer zu schluckende, leicht verdauliche, hoch wissenschaftliche, zutiefst profane Bücher. Die Regale schienen sich unter die niedrige Decke zu zwängen, so vollgestopft waren sie.

Neben jedem Sessel befand sich eine Art hölzerner Ständer, etwa halb so groß wie Laber-Ra-Barbar, auf dessen oberem Ende ein Teller angebracht war, auf dem wiederum eine wuchtige Kerze stand. Der Schein dieser Kerzen verlieh dem Raum ein angenehmes Licht.

Die Tür schlug zu und Laber-Ra-Barbar wurde bestimmt davon abgehalten, sich müde in einen der gemütlichen Sessel fallen zu lassen. Also blieb er erschöpft stehen.

„Endlich, lange habe ich auf diesen Moment gewartet", sagte eine sonore Stimme und der Erzähler schaute in die Richtung, aus der sie kam.

Eine Gestalt löste sich aus einer dunklen Ecke. Ein kauziger, knöchriger Wicht, kaum halb so groß wie der Erzähler. Dünnes Haar bedeckte seinen schmalen hohen Kopf, die Augen ruhten in tiefen Höhlen und der Begriff *ruhen* hatte niemals besser gepasst als bei diesem merkwürdigen Männchen. Er wirkte weitestgehend friedlich, so friedlich jemand wirken konnte, der kauzig, knöcherig und blass und wie ein Psychopath aussah.

Der kurz gewachsene Mann paffte an einer überdimensional wirkenden Pfeife und stieß dicke Rauchschwaden in die Luft, die Laber-Ra-Barbars Nase glücklicherweise von den Fischresten befreiten. Der kleine Mann bewegte seinen gebückten Körper erstaunlich behände zur Raummitte.

„Darf ich mich vorstellen: Arthur mein Name, Arthur Liter." Er machte eine Pause, als ob er eine Reaktion erwarte. Als die jedoch nicht eintrat, setzte sich Arthur auf den Sessel neben Laber-Ra-Barbar.

Zum zweiten Mal musste der Erzähler ein Lachen unterdrücken, als er sah, dass die Beine des Mannes vollständig auf der Sitzfläche auflagen. Wie ein Kind saß er auf dem Sessel – wie ein bedrohliches Kind – und musterte den, den er so lange gesucht hatte.

„Die Welt ist arm, der Mensch ist schlecht. Da hab ich eben leider Recht"[10], sagte er bedeutungsschwanger, bevor er sich an Laber-Ra-Barbars Entführer wandte. „Ihr könnt gehen, die Belohnung erhaltet Ihr an gewohnter Stelle."

Gehorsam und schweigsam verließen sie das kleine Haus. Laber-Ra-Barbar war müde und musste sich zusammenreißen, um wenigstens an ein paar hilfreiche Informationen zu gelangen.

„Ihre Angestellten reden äußerst – wenn Sie mir eine so flapsige Ausdrucksweise gestatten – geschwollen. Wie kommt das?", begann er mit der unwichtigsten aller Fragen. Das Schicksal hatte ihn fest im Griff, er war nur noch in der Lage, zu reagieren. Hungrig und durstig ging der Erzähler ein paar Schritte zur Seite und stützte sich an der Wand ab, außer Stande größere Taten zu vollbringen, als das Gespräch zu suchen.

„Ha!" Arthur lachte laut auf. „Leben im Zitat."[11]

„Ich verstehe nicht?"

„Sie finden das großartig, meinen, es klingt gebildet, wenn sie große Werke der Literatur zitieren. Es gib nichts Lächerlicheres als den Glauben, durch die Benutzung großer Dinge selbst groß zu erscheinen, findest du nicht auch?"

„Hm, ja." Laber-Ra-Barbar wusste nicht, was er von all dem halten sollte.

„Nun, ich lasse sie gewähren. Sie verrichten loyal ihre Dienste, diese trivialen Trottel. Aber wenden wir uns lieber dir zu. Möchtest du nicht wissen, weshalb du hier bist?" Er faltete seine Hände und freute sich über den Spannungsbogen, der sorgsam aufbaute.

Laber-Ra-Barbar blickte auf, dankbar dafür, dass ihn sein Gastgeber aus dem Strudel zunehmender geistiger Müdigkeit zurückholte und an die brennenden Fragen erinnerte.

„Sicher, unbedingt", entgegnete er rasch.

„Nun, machen wir es kurz: Du sollst zahlen."

„Was? Wofür?"

„Das erkläre ich dir morgen. Es ist spät geworden, du bist ein besserer Läufer, als ich annahm. Nun bin ich müde und muss mich hinlegen. Du solltest das auch tun. Octavio?", rief Arthur und Laber-Ra-barbar zuckte erneut zusammen. „Ah Octavio, da bist du ja, feiner Kerl", lobte der kleine Mann den viel größeren, der aus einem abgedunkelten Nachbarzimmer geschlurft kam und sich im Türrahmen ducken musste. „Er ist wirklich ein Prachtkerl, mein Octavio. Mag sein, dass seine Erscheinung verwunderlich ist, aber sein Wesen ist von unverfälschter Art. Keine geschwollene Laberei, um bei deinen Worten zu bleiben, kein affektiertes Auftreten. Er ist einfach rein. So etwas gibt es heutzutage nicht mehr oft, nicht wahr?"

Laber-Ra-Barbar nickte völlig überfordert.

„Octavio, bring unseren Gast auf sein Zimmer", wies Arthur seinen Laufburschen an. Oder was auch immer dieser Hüne für ihn sein mochte. „Ach ja, und diesmal kannst du ihn selbst laufen lassen. Gute Nacht, mein Lieber."

Der treue Trottel grunzte bestätigend und führte Laber-Ra-Barbar aus dem Raum. Er schubste ihn durch ein paar verwinkelte Flure, an deren Wänden sich Kartons mit allerlei Kleinkram und noch mehr Bücher befanden. An den Wänden hingen kleine Lampen mit kitschig geschwungenen Schirmen aus buntem Glas, die den Weg spärlich ausleuchteten. Dicke Teppiche dämpften ihre Schritte. Schließlich gelangten sie durch eine schwere Holztür über eine Treppe hinab ins Kellergewölbe. Es roch muffig und die Steinwände strahlten eine unangenehme Beständigkeit aus. Eine Beständigkeit, die einem sagte, hier würde man so schnell nicht wieder heraus kommen.

Die Zellentür fiel krachend ins Schloss.

Laber-Ra-Barbar saß betrübt in einer Gefängniszelle im Keller des Hauses. Ein Lichtschacht führte rauf zur Straße, wo ihn ein vergittertes Fenster höhnisch angrinste. Die einzige Verbindung zur Außenwelt. Der Erzähler wurde von feuchten, lieblos gemauerten Steinwänden umringt, die ihn wie die Facettenaugen einer Schmeißfliege anstarrten. Vor dem Zellengitter saß Octavio und schnarchte laut.

Gute Idee, dachte Laber-Ra-Barbar und legte sich auf die Pritsche, die an der hinteren Wand der Zelle stand. *Zahlen sollst du*, schoss es ihm durch den Kopf. Wofür nur? Was wollte Arthur von ihm?

FÜNFZEHN
HUNDSTAGE

Laber-Ra-Barbar schlief schlecht. Eher miserabel. Genau genommen schlief er fast gar nicht. Das mochte an der faustdicken, fauchenden Spinne liegen, die ab und an aus einem Spalt in der Mauer kroch, ihn neugierig anglotzte und bedrohlich mit ihren Kiefern klackte. Wenn er doch einschlief, wurde der Erzähler durch derartige Albträume aufgeschreckt. Ängstlich schaute er sich um. Alles war ruhig. Und regungslos.

Der Mond stand rund und voll am Himmel. Sternhagelvoll könnte man sagen, da gab es keinen Zweifel. Sein Schein reichte aus, um sogar das düstere Verlies im Kellergewölbe mit ausreichend Licht zu versorgen. Weit und breit kein Insekt zu sehen.

Laber-Ra-Barbar atmete auf und wischte sich erleichtert den Schweiß von der Stirn.

„Ah!", entfuhr es ihm, als seine Hand an etwas Pelzigem hängen blieb. Die dicke, haarige Mörtel-Spinne erschrak nicht minder und huschte zur Seite. Laber-Ra-Barbar sprang auf und schüttelte sich, um weiteres Ungeziefer loszuwerden, das sich möglicherweise auf seiner Pritsche oder, schlimmer noch, auf seinem warmen, schlafenden Körper niedergelassen hatte.

„Scheiße!", fluchte er.

Die Spinne pflichtete ihm unhörbar bei und verkroch sich in einer Spalte im Mauerwerk. Das war der Zeitpunkt, zu dem der Erzähler beschloss, nicht mehr einschlafen zu können. Aus drei guten Gründen: aufgrund seiner Phobie gegenüber krabbelndem, haarigem Getier mit mehr als zwei Beinen. Wegen des Mondlichts, das ihn hartnäckig an die wohlbeleibte Fülle des Himmelskörpers und seine damit verbundene chronische Schlaflosigkeit erinnerte. Und nicht zuletzt wegen Octavio, der durch den Aufschrei aufgeschreckt vor der Zelle auf und ab stapfte und den Erzähler aufmerksam musterte.

Laber-Ra-Barbar setzte sich auf seine Pritsche, machte sich klein, um möglichst unscheinbar und vollkommen uninteressant zu wirken, und versuchte, nicht mehr an die Spinne zu denken.

Nicht an die Spinne denken.

An diese eklige Spinne.

Nicht an ihre haarigen Beine denken.

Sie waren wirklich verdammt behaart.

Einfach vergessen.

Und ziemlich groß.

Denk an was anderes. Nur nicht an diese ziemlich große, verdammt behaarte Spinne. An Röstzwiebeln vielleicht.

Es schien zu wirken. Er bekam Hunger und sah bereits einen Berg brauner, süßer Röstzwiebeln vor sich. Er dampfte und duftete und begann, sich zu bewegen. Ein Berg, dem plötzlich acht lange, verdammt haarige Beine wuchsen.

Laber-Ra-Barbar schloss verzweifelt die Augen.

Du sollst auch nicht an Röstzwiebelspinnen denken!

Vielleicht besser … an Schäfchen? Ja, Schäfchen waren großartig. Unschuldig, flauschig, so viel niedlicher als Arachnoiden.

Da standen sie vor seinem geistigem Auge und weideten auf grüner Aue. Ein Bächlein schmiegte sich in das sanft abfallende Tal und bemühte sich redlich, das Wasserrad der grenzenden Mühle auf Trab zu halten. Und inmitten dieser Idylle diese putzigen, wolligen Schäfchen.

Eines, zwei, drei, da noch eins. Vier, fünf, sieben … acht …

Laber-Ra-Barbar fiel unwillkürlich der Kopf auf die Brust und schon huschte eine unansehnliche Spinne mit wollweißem Pelz an ihm vorüber.

Acht Beine …

Er schrak hoch und riss die Augen auf. *Nicht einschlafen! Ist ohnehin zwecklos. Und nicht … an Spinnen denken …*

So verging eine Weile. Die Nacht schien einfach nicht enden zu wollen.

Octavio war mittlerweile zur Ruhe gekommen und so fand Laber-Ra-Barbar eine neue Beschäftigung. Das Mondlicht reichte bis in den Flur vor der Zelle, sodass er seinen Wärter eingehender betrachten konnte.

Mannomann was ein Typ, dachte er. Die wenigen Haare verteilten sich konzeptionslos auf Octavios asymmetrischem, großem Schädel. Die Stirn war hoch und seltsam verbeult. Unterirdisch verbeult, denn sein Gesicht und seine Hände waren von auffällig weicher, glatter Haut bedeckt. Keine Narben oder Unreinheiten, keine hässlichen Geschwüre oder Warzen, nicht einmal ein Pickel sorgte auf dieser ebenen Haut für abscheuliche Abwechslung. Das stellte einen starken Kontrast zum Rest dar. Denn erschreckend beunruhigend erschien die rechte Gesichtshälfte, die einem anatomischen Erdrutsch gleich herabhing, als hätte sie der Erdanziehungskraft nichts mehr entgegenzusetzen. Auge und Ohr hingen tiefer als ihr jeweiliges Gegenüber und der Mund sackte ab, sodass ein entspanntes Lächeln ausgeschlossen schien.

Die kleinen Augen ruhten in dunklen Höhlen und nirgends schien diese Analogie besser zu passen als hier, so tief waren sie im Schädel platziert. Noch furchteinflößender war aber, dass sie weit geöffnet waren. Sie starrten ihn unentwegt an. Die Tatsache, dass Octavio ruhig und tief atmete und dabei kräftig schnarchte, konnte den Betrachter nicht beruhigen. Im Gegenteil. Der Blick war starr und unheimlich.

Laber-Ra-Barbar trat einen Schritt nach rechts. Die Pupillen folgten ihm. Zwei Schritte nach links. Wieder hefteten sie sich an seine Bewegung. Er schluckte.

„Man gewöhnt sich an alles." Er stöhnte. „Hoffentlich." Vor allem, wenn es ihn von Spinnen abhalten konnte.

Besser, er befasste sich nicht zu sehr damit, also ließ er seinen Blick weiter über Octavio schweifen. Über seinem kräftigen, voluminösen Körper trug der Hühne ein löchriges Leinenetwas mit einem breiten Ledergürtel, dessen Löcher mit Metall eingefasst waren. Eine ovale Schnalle ruhte auf dem üppigen Bauch und hielt tapfer alles zusammen. Sie war blitzblank poliert wie ein Pokal und trug eine Art Wappen prahlerisch zur Schau.

Die riesigen Hände waren mit massiven Ringen bestückt und hingen schlapp am Körper herab, der gekrümmt auf einem Holzstuhl kauerte. Es folgte eine dunkle Arbeitshose aus mit an Sicherheit grenzender Wahrscheinlichkeit reißfestem Material, verglich man ihren tadellosen Zustand mit dem des Leinenetwas. Der wuchtige Körper ging in stämmige Beine über, die in geradezu monströsen schweren Arbeitsstiefeln endeten.

Einmal genauer betrachtet schwand die Furcht vor seinem beinahe kindlich wirkenden Mitgefangenen

Erstaunlich, dachte der Erzähler, *irgendwie wirkt auch er wie ein Gefangener der Gilde.*

Noch viel erstaunlicher war, was unmittelbar nach der Musterung geschah. Laber-Ra-Barbar begann, langsam einzuschlafen. Und es waren keine ekligen Tiere, die ihn in den Schlaf begleiteten, sondern lediglich gewaltige Röstzwiebelgebirge in Form unförmiger klobiger Arbeitsstiefel.

„Was soll's", murmelte er kaum verständlich und fiel schließlich in einen tiefen, festen Schlaf.

Der Tag erwachte und mit ihm kam der Hunger. Umso dankbarer war Laber-Ra-Barbar für das Scheppern, das ihn aus den zwiebeligen Träumen gerissen hatte.

Jemand – vermutlich Octavio – hatte ihm einen Blechteller mit Rührei, herzhaft duftendem, knusprigem Speck und frischem Brot in die Zelle geschoben. Gefängniskost. Oder etwa seine Henkersmahlzeit? In dem Moment war ihm das egal.

Vor seiner Zelle war weit und breit niemand zu sehen, also futterte Laber-Ra-Barbar gierig los. Er war ganz und gar versunken in die Auseinandersetzung mit dieser Köstlichkeit von einem Frühstück.

„Nicht schlecht, was?", erklang es jenseits der Gitter.

„Hmpf?", gab er wenig kultiviert zurück und sah auf. Vor ihm stand Arthur in feinen Zwirn mit nadelgestreifter Weste gekleidet, als gäbe es etwas zu feiern.

„Na das Essen. Das ist nicht schlecht, was?", wiederholte er erklärend, während Laber-Ra-Barbar fertig kaute, genüsslich schluckte und sich räusperte.

„Ich hab schon verstanden, was Sie meinen. Die komfortable Unterbringung kann es schlecht sein", gab er höhnisch zurück. Er hatte wenig Lust auf eine Konversation mit diesem unangenehm wirkenden Zeitgenossen. Andererseits war er der Schlüssel zu seiner Lage. Also gut.

„Oha, gut geschlafen unser Gast, wie es scheint?", kam es zurück. „Ich hoffe, es stört dich nicht, wenn ich ein Weilchen bleibe. Wir haben selten Besuch, die Leute lesen nicht mehr so viel wie früher."

Laber-Ra-Barbar störte sich nicht weiter daran, dass er beim Essen beobachtet wurde. Es würde ohnehin nicht allzu lange dauern. Der Hunger war groß, das Essen großartig. Als er nach dem letzten Happen aufblickte, musste er sich zusammenreißen, nicht loszulachen.

Der Mann war auf den klapprigen Holzstuhl gesprungen, der erstaunlicherweise Octavios Gewicht getrotzt hatte, und seine kurzen Beine baumelten wieder einmal frei in der Luft. Nicht gerade Ehrfurcht gebietend dieser Anblick.

Als hätte Arthur diese Gedanken bemerkt, sprang er vom Stuhl herab und schnellte nach vorn ans Zellengitter.

Seine Stimme senkte sich hörbar. „Nun", sagte er.

„Ja?" Das Essen hatte Laber-Ra-Barbars Lebensgeister geweckt und mit ihnen seine Streitlust und seinen Humor. Dinge, die seiner Meinung nach unmittelbar miteinander verknüpft sein sollten. Anderenfalls würde Streitlust destruktive Folgen nach sich ziehen.

„Lass uns über Schulden reden", begann Arthur.

„Ich bin gespannt", antwortete seine Geisel.

„Ach ja?"

Laber-Ra-Barbar nickte.

„Gut."

„Und? Worin besteht nun meine Schuld?" Er bewegte sich auf dem sicheren Terrain des Dialogs, der wörtlichen Rede, etwas, das er besser beherrschte als … Vielleicht war es das Einzige, was er beherrschte.

Arthur musste sich kurz sortieren. „Nun ja, eigentlich ist es die Schuld deiner Mutter", fuhr er fort.

Laber-Ra-Barbar blickte auf. Wieder ging es um seine Mutter. Wieder eine Wissenslücke, die ihn ins Abseits drängte. Er begann, unruhig auf und ab zu laufen.

„Nun mach es nicht so spannend. Was hat sie angestellt?", wandte er sich schließlich an den Wicht.

„Die Räuber von Katahari, Raubzug oder der Zug der Räuber, Wenn Draufgänger draufgehen ..." Der Gildenboss legte eine kurze, aber bedeutungsschwangere Pause ein. Als nichts geschah, fuhr er fort. *„Kannibal der Kaninchenkönig, Nullblick – Ein Pirat blickt dem Tod ins Auge ..."*

Plötzlich ging Laber-Ra-Barbar ein Licht auf und eine schier endlose Liste erschien vor seinem inneren Auge. Das waren allesamt Titel seiner Lieblingsbücher. Zu gut erinnerte er sich an Nullblick, den gefürchteten Piraten mit zwei Augenklappen, der jedem Feind das Fürchten gelehrt hatte. Leider auch jedem Freund.

Bei allen handelte es sich um Wahnsinnsgeschichten und jede einzelne hatte er seiner Mutter zu verdanken, die nicht müde geworden war, ihm regelmäßig neue Literatur mit nach Hause zu bringen. Er erinnerte sich an die verwirrten Blicke seines Vaters wegen der nicht enden wollenden Lektüre unzähliger Romane, die angeblich der Familie gehörten, obwohl weder er noch seine Gemahlin gern lasen. Was daran liegen mochte, dass sie kaum lesen konnten.

Sie hatte Laber-Ra-Barbar nicht nur Abenteuerromane mitgebracht. Heldenepen waren darunter, Liebesdramen, selbst Sachbücher und Nachschlagewerke hatten Schwierigkeiten, die Neugier des jungen Laber-Ra-Barbar zu befriedigen. Er hatte alles verschlungen: *Der große Almanach der Natur, wie sie eben ist, Der genauso große Almanach des Menschen, wie er eben ist, Der noch viel größere Almanach des Menschen, wie er gern wäre.*

„Die Enzyklopädie eines Stubenhockers, Anleitungen zum Selbermachen – der Sammel-Almanach zu Natur und Mensch in einem ziemlich dicken Band", setzte Arthur die Liste fort.

„Erinnerst du dich? Muss eine Menge Stoff gewesen sein, den du dir im Laufe deiner Jugend angelesen hast."

Er trat an die Zelle heran. Der Erzähler wich unwillkürlich mit dem Oberkörper zurück.

Laber-Ra-Barbar sah davon ab, ihn zu korrigieren. Die genannten Bücher hatte er bereits im Kindesalter durch. In seiner Jugend hatte er sich den Liebesdramen zugewandt. Süß war die Welt der Zwischenmenschlichkeit. Und bitter. Aufregend, voller Missverständnisse und Intrigen, voller Sehnsucht und Verlangen. Das Laster im Roman war genau das Richtige für den jugendlichen Erzähler, der kein Handwerker und Farmer sein wollte.

Er erinnerte sich deutlich, wie ihn allen voran die Misere von *Romeo und Julian* in kalten Winternächten vor dem warmen flackernden Kaminfeuer in bittersüße Welten entführt hatte. Romeo und Julian, eigentlich zwei ganz schöne Trottel, wenn er heute so drüber nachdachte.

„Das war eine schöne Zeit", sagte er zu seinem Gegenüber.

„Fein, freut mich."

„So spannend, aufregend, rührend, interessant ..." Laber-Ra-Barbar geriet ins Schwärmen.

„Und so kostspielig", holte in Arthur zurück.

„Was?"

„Teuer."

„Ich weiß, was kostspielig bedeutet." Der Gefangene stöhnte.

„Teuer war die Zeit und so zinserträglich, rentabel, lukrativ", geriet Arthur ins Schwärmen. „Hör zu, mein Junge. Es mag ja eine nette Geste deiner Mutter gewesen sein, dir all diese Bücher zu mitzubringen."

„Mehr als das."

„Nur hat sie bis heute keines davon bezahlt."

Laber-Ra-Barbar lachte erleichtert auf. „Ach, so ist das. Ha. Und ich dachte schon, es sei was Ernstes."

Arthur runzelte die Stirn. Auf ziemlich beeindruckende Weise zeichneten Falten ein Wellenmuster zwischen den buschigen Augenbrauen und dem hohen Haaransatz. „Es ist was Ernstes", sagte er und seine Stimme klang bedrohlich.

„Nun gut, bringen wir das hinter uns. Raus mit der Sprache, wieviel bin ich Ihnen schuldig?" Der Erzähler fühlte sich unsagbar pragmatisch. Ein gutes, ein neues Gefühl.

„Es waren viele Bücher. Sehr viele."

„Nun tragen Sie mal nicht so dick auf. Ich zahle ja. So gut es geht."

Der Erzähler war erleichtert, dass es nur um Geld ging. Er hatte dafür zwar nicht allzu viel übrig. Seiner Meinung nach drehte sich viel zu viel um die Weitergabe dieser wertlosen Münzen und Papierfetzen. Aber wenn das alles war, würde er das Geld schon irgendwie auftreiben. Ruck zuck wäre die Sache hier erledigt und er konnte sich wieder wichtigeren Dingen widmen. Ein Mörder wartete noch immer darauf, überführt zu werden. Zudem wollte er die Geduld seines Gegenüber nicht über Gebühr strapazieren. Der Erzähler lächelte. Über Gebühr, ein seltsam passendes Wortspiel im aktuellen Zusammenhang.

„Und rechnen Sie bitte alle Zinsen mit ein", fuhr er vergnügt fort. „Es soll ja alles rechtens sein. Also, wie ernst ist es?"

„Nun, 9.836 Pe-Nunzen halte ich für reichlich ernst", entgegnete sein Gläubiger trocken.

Der Erzähler torkelte zurück, blinzelte, um das Schwarz vor seinen Augen loszuwerden, und wischte sich den einsetzenden Schweiß von der Stirn.

Das war definitiv eine ganze Menge. Ob da möglicherweise etwas mit dem Zinssatz nicht stimmte? Doch wie so oft versagte Laber-Ra-Barbar beim Versuch, den Rechenkünsten zu frönen.

„Das ist ...ver-ver-", ächzte er beinahe sprachlos.

„Verdammt viel", half ihm sein Gegenüber auf die Sprünge.

„Kein Mensch hat so viel Geld!", brachte der Erzähler hervor.

„Falsch."

„Bitte?"

„Der Zar von Zamonien hat so viel. Zumindest wenn man dem Hören-Sagen Glauben schenken darf."

„Das kann ich unmöglich zahlen."

„Auch falsch."

„Hä?" Laber-Ra-Barbars Dialogfähigkeit litt spürbar.

„Deine Mutter besitzt etwas, das mich interessiert." Es klang lächerlich.

„Meine Mutter", erwiderte Laber-Ra-Barbar ungläubig.

„Richtig."

„Und ich soll es besorgen."

„Du begreifst schnell." Arthur rieb sich die Hände.

„Sagen Sie nichts", erwiderte der Erzähler.

„Bitte?"

„Wenn nicht ... Ich meine, wenn ich Ihnen dieses Etwas nicht besorge, dann ... machen Sie kurzen Prozess mit mir?"

„Falsch", kam es zurück.

„Fein."

„Mit deiner Mutter."

„Grmpf." Laber-Ra-Barbar nahm alles schauspielerische Talent zusammen und schluckte seine Trauer herunter. Er beschloss, nichts über den Tod seiner Mutter zu erzählen, möglicherweise war das seine Fahrkarte in die Freiheit.

„Nun mal langsam", versuchte er zu beschwichtigen, „was genau interessiert Sie so?"

„Etwas unsagbar Wertvolles", antwortete Arthur und das Reiben seiner Hände wurde eindringlicher, beinahe gierig. Sie waren kurz davor, Funken zu sprühen.

„Das hab ich mir fast gedacht. Sie lieben Rätselraten?"

„Das auch. Aber noch mehr liebe ich den Gedanken an den Besitz dieser Sache, die niemand freiwillig aus der Hand geben würde. Zu einflussreich, zu mächtig ist sie."

„Muss ja was wahnsinnig Aufregendes sein." Laber-Ra-Barbar hatte langsam das Gefühl, dass das Ganze zu einer Farce wurde. Niemals hatte seine Mutter etwas Wertvolleres besessen als den Ehering, den Vater-Ra-Barbar ihr Jahre nach der Hochzeit geschenkt hatte. Und der war aus Holz, überaus aufwendig geschnitzt, aus massivem Teak und eine wirkliche Schönheit.

„Nun, eine Zeitmaschine halte ich durchaus für aufregend." Arthur sagte diesen Satz, als habe er lange auf diesen Moment gewartet. Auf jeden Fall hatte er viel Zeit und Mühe aufgebracht, um etwas Spannung aufzubauen. Seine Augen blitzen und er verzog den schmalen Mund zu einem hämischen Grinsen.

Laber-Ra-Barbar gab es auf, verwundert aufzuschrecken oder überwältigt zurückzutorkeln.

„Das sehe ich ein", gab er trocken zurück.

„Überleg dir, wie du sie beschaffen kannst. Und wenn mich dein Plan überzeugen kann, entlasse ich dich aus dieser Zelle. In Begleitung von Octavio versteht sich. Ein sehr gehorsamer Junge. Und er wird klare Anweisung haben", erläuterte Arthur und machte Anstalten, den Keller zu verlassen. „Wie sagt man so schön: Wir bleiben in Kontakt. Zeitmaschine oder das unrühmliche Ende deiner Tage in diesem Verlies – streng dich an." Damit verschwand er.

Die Tage vergingen, während der der Erzähler überlegte. Arthur ließ sich eine ganze Weile nicht mehr blicken.

Um sein Gefühl für die Zeit zu erhalten, fing Laber-Ra-Barbar an, den Tagen Namen zu geben, die sich an markanten Ereignissen orientierten. Er begann mit dem Tag nach dem Vollmond, dem Mond-Tag. Der darauf folgende Tag stand ganz im Dienst der Nachdenkerei hinsichtlich seiner Freiheit. Leider ohne Ergebnis. Dennoch blieb es bei Dienst-Tag. Der dritte Tag gefiel dem Erzähler besonders. Um die Mittagszeit gab es endlich wieder etwas zu futtern. Rührei mit Speck und Brot, mehr hatte Octavio vermutlich nicht drauf. Mitt-Tag also.

Langsam wurde Laber-Ra-Barbar unruhig. Er hatte wenig Lust, seinen Aufenthalt im Verlies der Gilde über Gebühr zu verlängern. Es war unbequem und unbehaglich, feucht, kühl und saulangweilig hier unten.

Er hatte bisher keinen guten Einfall, wie er an die Zeitmaschine gelangen sollte. An etwas, das er nicht kannte, niemals gesehen hatte und das jemandem gehörte, der nicht mehr am Leben war. Hatte seine Mutter sie mit ins Grab genommen? Also ausgraben? Das kam nicht infrage. So tun, als wollte er sie aufsuchen und einfach darum bitten? Lächerlich, das würde Arthur ihm niemals abkaufen.

Der laufende Tag untermalte seine zunehmende Frustration mit einem gezielt platzierten und eindrucksvollen Gewitter. Der Donner-Tag. Er verzweifelte. Würde er seinen Lebensabend hier verbringen? Er war noch so jung. Vielleicht würde der alte Gnom sogar vor ihm sterben? Dann könnte Laber-Ra-Barbar Octavio möglicherweise überreden, ihn freizulassen.

Als er sich in dieser Nacht unter den unablässig geöffneten Augen Octavios unruhig auf seiner Pritsche hin und her wälzte, konnte er nicht ahnen, dass der Frei-Tag unmittelbar bevorstand. Mit jedem Tag, den er länger hier verbrachte, würde der Erzähler mehr und mehr vor die Hunde gehen. So viel war klar.

„Hundstage", grummelte Laber-Ra-Barbar und grübelte er darüber nach, ob ihm nicht doch noch ein Fluchtplan einfiel. Es schien aussichtslos.

SECHZEHN
ZUKUNFT

Vergnügt hüpfte Volker seines Weges. *Unseres Weges,* korrigierte er sich. Auf seiner Schulter hockte noch immer ein geschwätziger Gnom, der ihn unentwegt vollquatschte.

Sie waren von dem heimeligen Steinhaus aufgebrochen, das so viel Ruhe, Gemütlichkeit und den Duft von Eiern mit Speck verströmte, dass der Abschied nach einem ausgiebigen Snack schwerfiel. Die Gestalt, die wild mit den Armen hinter ihnen herfuchtelte, nahm Volker nicht wahr. Sein Blick war nach vorn gerichtet. Einer Zeit entgegen, die ihm die Geheimnisse des Lebens offenbaren würde. Einer Zukunft, die in allen Farben der Abenteuerlust und des Draufgängertums schillerte: in Azurblau, Sommernachtslila, Piraterieschwarz und Feuerwerksbunt. Und dass er als ausgesprochen juveniler Draufgänger nicht draufging, dafür würde sein redseliger und erfahrener Begleiter schon sorgen.

Strammen Schrittes stießen sie tiefer in den Wald vor. Bald hatte die verwirrend logisch sortierte Vielfalt aus Blattwerk, Nadeln, Stämmen, Moosen und Pilzen sie verschlungen. Das dichte Blätterdach ließ nur ein Bruchteil des Lichts herein.

Volker fühlte, wie sich Blicke an ihn hefteten. Er hatte mal etwas von Waldkobolen gelesen. Und es als Schwachsinn abgetan. Dennoch war ihm mulmig zumute und er überlegte, wie und wo er Mut schöpfen würde. Und vor allem, wann.

Das Ziel ihrer Wanderschaft lag in nicht allzu weiter Ferne und klang so verlockend, wie es gefährlich zu sein schien. Es hatte den Ruf, zwischen den Welten zu wandeln. Zwischen dem Diesseits und Jenseits. Dem Gestern und Heute, ab und an auch zwischen Heute und Morgen. Zwischen der Magie und dem langweiligen Einerlei, das wir Realität nennen. Die Zeit konnte nicht schnell genug vergehen, um ihn aufzusuchen: den Hexer.

„Wie lange dauert es noch?", fragte Volker.

„Ss", zischelte es genervt, während der Gnampir von einer Schulter zur anderen krabbelte. „Ein wenig länger noch."

„Wie lange ist ein wenig?"

„Das heißt, dass wir relativ schnell da sein werden."

„Was ist relativ?"

„Alles."

„Und was bedeutet das?"

„Dass wir gleich da sind … Gr …"

Sie wandelten eine Weile auf den zwielichtigen Pfaden des Waldes. Käfer krabbelten in geschwätzigen Trüppchen an den schwungvoll verschwurbelten Stämmen der Paradepappeln empor. Listige Schlickerschnecken beäugten sie aus dem sicheren Schutz ihres Zweitwohnsitzes, dem Panzer der Kraterkorallen, die sich an die Füße kräftiger Baumstämme anschmiegten. Hin und wieder raschelte das Laub, wenn ein Eichelspäher zur Flucht ansetzte, weil er sich von den Wanderern gestört fühlte. Ansonsten verhielt sich der Wald ruhig, was ihn nicht gerade heimeliger gestaltete.

„Wann ist gleich?", erkundigte sich Volker nach einigen Minuten.

„Herrjeh, gleich ist bald. Schnell. In Kürze. Gleich eben."

„Du meinst, es dauert nicht mehr lange?"

So viel Wissen sich der Knabe in den wenigen Tagen angeeignet hatte, so unbeholfen war er im Umgang damit. Wie das eben so war, wenn kindliche Unbefangenheit mit jugendlichem Leichtsinn und ausgewachsener Vernunft rangelte.

Sie marschierten still einige Zeit, bis der Weg anstieg. Die Baumwipfel ließen hier mehr Lichtstrahlen eindringe und der weiche Waldboden roch angenehm.

„Hinter der Anhöhe lichtet sich der Wald", raunte der Gnampir in Volkers Ohr. „Anschließend müssen wir nur noch hinab ins Tal laufen. Dort befindet sich ein Steinbruch. Der Weg dorthin ist, naja, steinigeben", zischte er ins andere. „Steinig und schwierig, sss. Dort müssen wir sehr vorsichtig sein, damit uns das Geröll nicht in die Tiefe reißt."

„Also sind wir gleich da? Sag das doch gleich."

Der Gnampir stieß sich mit der knorpeligen, pelzigen Hand vor die runzlige Stirn und stolperte rückwärts. Rasch griff er nach den Haaren seines Wirts, zog sich nach vorn und kam Volkers Hals verdächtig nahe. So nah, dass er ins Schwärmen geriet, während sein Blutdurst seine Kehle austrocknete und ihm bunte Muster vor die Augen malte.

„Ich habe immer noch Hunger", nölte Volker, als wolle er den Gedankengang seines Begleiters weiter austreten.

Der Gnampir blickte ratlos umher. Das Blut eines Hungrigen schmeckte garstig, als wolle es ihn ärgern, dünn wie warmes Wasser, angesäuert und es fehlte die eisenhaltige Würze, wie er sie von gesunden Fleischfressern gewohnt war. Der Kerl musste was essen. Doch wo der Gnom seinen Blick auch hinschickte, er kehrte ohne Ergebnis zurück. Kein Wild, keine Sau, nicht mal ein Dachs oder ein Fuchs ließ sich blicken.

„Oh", frohlockte Volker auf einmal.

„Was? Hast du ein Tier entdeckt?"

„Einen Granitapfel!", rief der Junge begeistert.

„Einen was?"

„Einen Granitapfel. Ich habe davon gelesen."

Sie hatten die Waldgrenze erreicht und der Boden wurde zusehends steiniger, sodass diese besonderen Obstbäume ihre schwer behangenen Äste im Sonnenlicht räkelten und Wanderer überraschten.

Volker räkelte sich seinerseits in seinem angelesenen Wissen: „Aufgrund des Klimas, das hauptsächlich an den Grenzen unterschiedlicher Vegetationszonen zu finden ist und das wegen des Übergangs von Mischmaschwäldern zur steinigen Stoppelsteppe von einem ausgewogenen Sonne-Wolken-Mix mit 50% Niederschlagswahrscheinlichkeit geprägt ist, haben sich hier vor allem jene Baum- und Straucharten angesiedelt, die Früchte mit ausgesprochen robuster Schale und äußerst nahrhaftem Fruchtfleisch ausbilden. Weit verbreitet ist der Granitapfel: außen wird er von einer unscheinbarem Steinkruste umhüllt, doch im Inneren offenbart er …"

„Herrjeh, wie lange geht das noch?", zischte der Gnampir genervt.

„Bin gleich fertig."

„Bah!" Aus dem Zischen war ein harsches, heiseres Bellen geworden.

Volker zuckte zusammen. „Also, wir müssen die Steinschale knacken", fasste er sich kurz. Er griff nach einem Granitapfel, den er seinem Begleiter vor seine spitzen Zähne hielt.

Es knackte laut an seinem Ohr.

Verwundert zog er die Hand zurück und starrte auf den Riss in der Steinhülle. Im Augenwinkel sah er die spitzen Zähne im grinsenden Antlitz des Gnampirs aufblitzen.

„Guten Appetit", zischelte der, „und nun geh weiter."

Volker pulte, so genüsslich es die Gier zuließ, das Fruchtfleisch aus dem Apfel, schmiss die Grotze hinter sich und marschierte eine Weile über die steinige Steppe, während der Wald im Rücken langsam kleiner wurde – und das Zischeln im Ohr eindringlicher. Mit einem vor Hunger knurrenden Wicht auf der Schulter gelangte Volker schließlich in die Nähe einer Klippe.

Folker hatte ihren Schritt in Richtung des Mischmaschwaldes beschleunigt, dann war ihr Sohn ihren Blicken entwischt. Sie überlegte kurz. Noch einmal würde sie ihren Sohn nicht allein lassen. Auch nicht in der Zweisamkeit eines rätselhaften Begleiters. Folker hörte noch immer die unangenehm zischelnde Stimme. Und rannte. Ihre Füße flogen über das Gras, über Stock und Stein. Sie atmete regelmäßig und rhythmisch.

Sobald sie die Waldgrenze passierte, schärfte sie ihre Sinne am Schleifstein der Erfahrung. Harte, den Waldboden wölbende Wurzeln, ausufernde Gritzelgräser, tiefhängende Äste umgaben sie – der Mischmaschwald erforderte ihre volle Aufmerksamkeit. Sie mahnte sich dennoch zur Eile, die sich in dicken Schweißtropfen auf Folkers Stirn abzeichnete.

Weiter, vorwärts, achtsam, schnell.

Gedanken schossen ihr durch den Kopf, während sie selbst durch den Wald schoss. Konnte man Zeit aufhalten? Ständig waren die Menschen in Eile, tagein, tagaus, gewannen jedoch nichts dadurch. Außer vielleicht ein Magengeschwür. Oder einen Herzinfarkt.

Geschickt sprang sie über einen Stachelfarn und stachelte sich an, noch schneller zu laufen.

Während Folker kurz und flach atmete, dachte sie darüber nach, dass der Zeit niemals die Puste ausging. Sie würde über Folkers Bemühen um erinnerungswürdige Ergebnisse ihres Lebens den Mantel dauerhafter Belanglosigkeit decken. Ein trauriger Gedanke, der dadurch verstärkt wurde, dass Folker ihren Sohn vermutlich nicht mehr einholen würde.

Sie musste eine Pause machen. Nur kurz. Ein Blick. Eine Granitapfelgrotze! In dieser verlassenen Gegend. Folkers Herz schlug schneller. Ihre Lebensgeister kehrten zurück. Sie hockte sich nieder und betrachtete das Kerngehäuse. Es musste einfach von Volker stammen. Er teilte offenbar ihre Vorliebe für das eigentümliche Obst. Und ihre Abscheu gegen die Grotze. *Grotzenschlecht*, hatte Folker immer gedacht und das ungeliebte Kerngehäuse weggeworfen.

Was hatte er wohl noch alles von ihr? Herrje, sie hatten so wenig gemeinsame Zeit verbracht. Dabei musste sie an ihre Eltern denken. Was hatte Folker ihnen angetan, indem sie gemeinsame Jahre durch ihr frühes Fortgehen geraubt hatte? Würde sie sie wiedersehen? Ja. So viel Zeit musste sein. Wenn jemandem das Opfer der Zeit gebührt, dann der eigenen Familie.

Folker sprang auf und rannte weiter. Sie nahm alle Kräfte zusammen und kam rasch voran, verließ den Wald und schaute sich um, als ein schwaches Zischeln an ihr Ohr drang: „Steinbruch … vorsichtig sein.".

Volker schlug gedanklich die Hände über dem Kopf zusammen und gelenkig einen Haken um den einen oder anderen größeren Steinbrocken. Das musste ihr Ziel sein: Der Steinbruch! Sie kannte den steilen Abstieg an der Grenze der Stoppelsteppe. Felsig, schroff, unwirtlich, und sicher kein Gelände, in das sie ihr erst wenige Tage altes Kind zum Spielen schicken würde.

Die junge Mutter bekam es mit der Angst zu tun, jener Form von Angst, die ungefragt und in Begleitung wildester Fantasien zu Furcht anschwoll. Volker flog beinahe über das Geröll, erspähte ihren Jungen. Die Klippe kam auf sie zu.

Sie schrie: „Volker!"

Ihr Junge drehte sich um.

„Sss, Vorsicht!", zischelte die Beule, deren skurrile Fratze Folker nun erahnen konnte.

Folker hörte, wie sich einige Steine lösten. In dem Moment drehte sich Volker hektisch nach vorn und geriet erschrocken ins Schwanken.

„Nicht bewegen!", zischte der Gnampir.

Folker riss die Arme nach vorn und sah, wie ihr einziger Sohn in die Tiefe stürzte.

SIEBZEHN
AUSWEG

In den folgenden Tagen schlief Laber-Ra-Barbar besser, was ihn selbst erschreckte. Er wollte nicht Gefahr laufen, sich an seine Gefangenschaft zu gewöhnen. Dafür waren Essen und Gesellschaft zu einseitig und die Situation bescheiden – obwohl man ihm mittlerweile eine Kerze und Streichhölzer gegönnt hatte.

Sein Entschluss stand fest. Er würde einen Fluchtplan aushecken. Der Plan musste allerdings verbal funktionieren. Davon abgesehen, dass er keinerlei Werkzeug besaß, um sich einen Weg in die Freiheit zu graben oder zu brechen, hätte er auch nicht das notwendige Geschick besessen. Also grübelte er über den Ausbruch mithilfe dialoglastiger Strategien nach.

Allzu vielfältig waren seine Optionen nicht. Er musste sich an Arthur wenden. Oder an Octavio. Der Hausherr würde sich niemals bequatschen lassen, dafür war er zu schlau. Einen schlüssigen Plan zur Beschaffung der Zeitmaschine hatte der Erzähler auch nicht parat. Der Hüne wiederum könnte auf die richtigen Argumente hereinfallen. Dafür musste er sie jedoch verstehen.

Laber-Ra-Barbar lief mal wieder auf und ab. Wenn das so weiterging, würde er bald eine Furche in seine Zelle laufen. Nach einigen Ewigkeiten hätte er vielleicht einen Graben gelaufen, der verborgene Öffnungen zu unterirdischen Gängen freilegte. Sicher, die Überlegung war außerordentlich bescheuert, aber er musste die abwegigsten Gedanken erst einmal beiseitelegen, um zu den naheliegenderen bescheuerten Ideen vorzudringen. Erst wenn er sich auch ihrer entledigt hatte, konnte er zu den annähernd überlegenswerten Plänen übergehen. Und damit waren die richtig guten Einfälle noch immer nicht erreicht. Der Weg zu einer originellen Lösung war weit, das wusste er. Und so überlegte er weiter. Und marschierte begleitet vom langgezogenen Sägen seines schnarchenden Wärters. Schließlich lehnte er sich ratlos an die Rückwand und verschnaufte.

„He!", tönte es plötzlich hinter ihm und Laber-Ra-Barbar fuhr entsetzt hoch.

„Meinst du mich?", rief er.

„Scht", zischte es. „Genau."

Laber-Ra-Barbar trat ein Stück von der Wand zurück und schaute sich im flackernden Schein der Kerze um.

„Wer ist da?", rief er.

„Scht", kam es zurück. „Ich bin es."

Er wartete einen Moment, auf eine ausführlichere Erklärung. Als keine kam, erwiderte er: „Ah, du."

„Genau."

„Und wo bist du?", fragte er neugierig.

„Hier." Die Stimme kam von weiter oben.

„Auf der Straße?"

„Scht", zischte es wieder. „Genau."

„Was willst du?", flüsterte der Erzähler in Bühnenlautstärke, da er nicht wusste, wie viel die Person verstehen würde.

„Die Frage ist eher, was du willst", erwiderte der Unbekannte.

„Aha", gab Laber-Ra-Barbar zurück.

„Nun?" Der Unbekannte machte eine kurze Pause in der Hoffnung auf eine Reaktion. „Was willst du?"

„Hier raus?"

„Genau."

Der Erzähler fragte sich, was dieses alberne Ratespiel sollte. Er war nicht in der Stimmung, überflüssige Fragen zu beantworten.

„Na ja, was heißt überflüssig", kam es von oben, als hätte der andere seine Gedanken gelesen. „Ich mache den ganzen Aufwand ja nicht, ohne sicher zu sein, dass es sich lohnt."

„Also gut, ich will hier raus. Und was soll ich dafür tun?", fragte der Erzähler.

„Mich an einen Ort bringen."

„Und welcher Ort soll das sein?"

„Das weiß ich nicht genau, deshalb brauche ich ja dich. Ist etwas kompliziert."

„Okay, nehmen wir einmal an, ich bringe dich dorthin, wenn ich wüsste, wo er ist und was auch immer dort ist oder passieren soll, wie willst du mich hier herausbekommen?" Laber-Ra-Barbar presste sein Gesicht an die kalte Steinmauer, obwohl er wusste, dass er nicht wirklich nach oben schauen konnte.

„Das wirst du gleich sehen. Bringst du mich hin?"

„Gib mir wenigstens einen Anhaltspunkt, damit ich weiß, wie ich dir und damit mir weiterhelfen kann." Der Erzähler wurde ungeduldig. So hatte er sich seine Flucht nicht vorgestellt, gleichzeitig war er ihr noch nie so nahe gewesen.

„Zur Zeitmaschine", kam die Antwort. Offenbar gab es außer ihm kaum jemanden, der noch nichts von der Zeitmaschine gehört hatte. Wer auch immer dort oben stand und zu ihm hinab sprach, Arthur war es glücklicherweise nicht. Die Stimme hätte er wiedererkannt.

„Na prima." Er stöhnte. „Das passt."

„Wieso?", flüsterte die Stimme von oben.

„Schon gut, erklär ich dir später. Hätte ich mir auch denken können, dass alle nur das Eine wollen."

Auf der Straße entstand eine kurze Pause. „Warte einen Moment, ich bin gleich wieder da." Die Stille wurde lauter, ein Rauschen in seinen Ohren.

Der Erzähler drehte sich um und stieß einen Schrei aus. Octavio stand direkt vor seinem Gitter und starrte ihn durchdringend an. Der Erzähler hatte nicht mitbekommen, dass das Schnarchen aufgehört hatte und der Hüne ans Gitter getreten war.

„Was ist los?", fragte der dumpf.

„Nichts", erwiderte Laber-Ra-Barbar schrill. Sogar für Octavio zu schrill.

„Blödsinn", kam es harsch zurück. „Ich habe Stimmen gehört."

„Tun wir das nicht alle ab und an?", wand sich der Erzähler.

„Nein."

„Oh, Okay. Also …" Ein Schweißtropfen rann seine Stirn hinab. „Weißt du, ich hab Selbstgespräche geführt. Manchmal schlüpfe ich in andere Rollen, gerade wenn es so einsam ist wie hier. So habe ich Gesellschaft. Verstehst du?"

„Nein."

„Du verstehst nicht?"

„Das ist saublöd. Tut niemand."

Laber-Ra-Barbar war ratlos, schließlich hatte der Klotz recht. Da hörte er hinter sich ein Rascheln.

„Was war das?", wollte Octavio wissen. Sein Gehör war nicht von schlechten Eltern, wobei der Erzähler lieber nicht über dessen Eltern nachdenken wollte.

„Och, nichts weiter." Warum nur fiel ihm das Reden so schwer? Er war doch ein Geschichtenerzähler, verdammt noch mal!

„Ist dieser Vollidiot etwa wach geworden?", kam es von oben herab.

„Leider", entgegnete Laber-Ra-Barbar.

„Nicht so laut, sonst hört dich Arthur. Was Octavio angeht, der kann ohnehin nicht besonders gut hören."

„So kommt mir das aber nicht vor."

„Er hat mich vermutlich gerochen." In dem Moment fiel eine Papiertüte raschelnd durch den schmalen, vergitterten Lichtschacht, der ihn von der Straße trennte.

„Was ist das?", fragte Octavio. Die Situation drohte zu eskalieren.

„Schnell! Reiß die Tüte auf, bevor er den Inhalt erkennt und vor Begeisterung aufheult! Schnell!", befahl sein Befreier.

Laber-Ra-Barbar dachte nicht nach, ergriff die Tüte und riss sie auf.

Der Hüne öffnete den Mund und setzte zu einem Ausruf an: „LA…"

Gerade rechtzeitig konnte der Erzähler nach vorn springen und Ocatvio das Maul stopfen.

„…KRITZ", beendete der seinen Jubelschrei und mampfte mit vor Glück rollenden Augen los.

„Ich fasse es nicht." Laber-Ra-Barbar kratzte sich den Kopf, starrte auf die Tüte mit getrockneten Lakritzschnecken in seiner Hand und verstand. „Du kannst mehr haben", lockte er seinen Wärter, der gierig durch die Zellentür langte.

„Mehr?"

„Klar. Und wie wär's, wenn wir beide einen Spaziergang machen?"

Octavio zog kritisch die Augenbrauen zusammen.

„Na, sei doch mal ehrlich. Wann hast du von Arthur das letzte Mal Lakritz bekommen? Was tut er dir überhaupt Gutes?"

Octavios Blick veränderte sich. Er wurde traurig.

„Ich kann noch mehr Schnecken besorgen!", rief der Unbekannte durch den Schacht.

„Komm schon." Laber-Ra-Barbar trat an die Zellentür und streichelte Octavios Hand, die sich so zart anfühlte, wie es die glatte Haut suggerierte. Der Erzähler schrak kurz zurück, als ein wohliges Grunzen die Berührung quittierte.

„Na, was ist? Wir gehen ein bisschen spazieren und du kannst Lakritze haben, so viel du magst. Bleib einfach gleich bei mir."

Der Koloss schien mit seinem Blick tief in das Herz des Erzählers vorzudringen. Laber-Ra-Barbar begann, ihn zu mögen.

„Mann, soviel Lakritze hab ich nun auch wieder nicht", hörte er es von oben jammern, ignorierte es aber. Der Unbekannte stöhnte. „Und wir können den Trottel auch nicht dauerhaft mitschleppen

„Halt die Klappe!", herrschte der Erzähler ihn an und reichte Octavio noch ein paar Lakritzschnecken, bis plötzlich der Schlüssel den Riegel des Zellenschlosses aus der Verankerung springen ließ. Octavio trat ein, schulterte seinen Gefangen und schritt mit ihm auf den Gang. Er wand sich nach rechts und lief erstaunlich behände und lautlos bis zum Ende des Ganges. Kurz vor der Wand drehte er sich um und drückte einen Backstein ins Gemäuer. Eine unsichtbar ins Mauerwerk eingelassene Tür schwang knirschend auf und gab den Blick in einen engen Tunnel frei. Octavio drängte sich mit der menschlichen Last über der Schulter schräg in den Gang.

Hoffentlich bleiben wir nicht stecken, dachte der Erzähler und wartete ab. Sein Träger schlurfte so gut es die muffige Enge zuließ voran. An einer engen Biegung setzte er Laber-Ra-Barbar ab und schubste ihn vor sich her bis zu einer weiteren schweren Holztür. Einen Handgriff später traten sie ins Freie. Laber-Ra-Barbar rieb sich die Augen in der Morgendämmerung.

„Ah, da seid ihr ja!", begrüßte ihn der Fremde, der um die Ecke des Hauses gelaufen kam.

„Du bist es?! Hätte ich mir eigentlich denken können." Der Erzähler grunzte, als er aufblickte und Barnabas auf sich zukommen sah. Egal, es war Frei-Tag und alles andere würde sich schon fügen.

ACHTZEHN
AHNENFORSCHUNG

„Der Hexer?" Laber-Ra-Barbar hatte sich schon viel ausgedacht, viel gesehen und viel erlebt. Ein Hexer gehörte nicht zu seinem fantastischen Inventar.

„Jep." Barnabas hingegen wusste genau Bescheid. Auch wenn sein zerknittertes und schmuddeliges Äußeres den Charme eines Nichtsnutzes versprühte, verbarg sich hinter dem ungepflegten vollen Bart, den buschigen Augenbrauen und den verfilzten Haaren eine Menge Lebenserfahrung, Weisheit vielleicht sogar.

„Hm." Laber-Ra-Barbar kam ins Grübeln.

„Keine Sorge, er hat sein Handwerk, auf das er sich zweifellos meisterlich versteht, lange an den Nagel gehängt."

„Und was macht er jetzt?"

„Abhängen."

„Er hat sich an den Nagel gehängt?", fragte Laber-Ra-Barbar verwirrt.

„Er hängt ab. Kommt zur Ruhe. Pflegt den Müßiggang. Was Pensionäre eben machen."

„Und wo ist er?"

„Er hat einiges in seinem Leben bewirkt. Und auf Vieles davon ist er nicht besonders stolz. Also hat er sich in einem alten Steinbruch nicht weit von der Stadt zur Ruhe gesetzt", erläuterte der Landstreicher.

„Hm."

Der Erzähler grub etwas tiefer in seinen Erinnerungen. Wie in einem Album konnte er darin blättern, fand Ereignisse, Schicksale und Momente, bebildert und untertitelt. Und so stieß er auf einen Gedanken, der etwas mit Verwirrung und einem langen Bart zu tun hatte.

„Und in diesem Steinbruch hängt er ab?", fragte er in Erwartung einer Bestätigung.

„Jep."

Sie gingen durch unzählige Gassen, ließen das Viertel der Dichter und Lenker hinter sich, überquerten den großen zentralen Platz, passierten den wuchtigen Richtungsweiser und verschwammen mit den Menschen im Dickicht der Geschäftigkeit.

Octavio grunzte ab und an und ergab sich unter anhaltender Lakritz-Zufuhr genüsslich seinem Schicksal. Er hatte keine Eile, kannte keinen Termindruck und scherte sich nicht um das Gerede anderer. Er schien der Einzige zu sein, der sich von diesem Trubel nicht fortreißen ließ, sondern zufrieden mit der Zeit schwamm. Dabei kaute und schmatzte er vor sich hin.

Sie durchquerten das Viertel der Gerber und Schneider, die Oase der Geistlichen und Vergeistigten, bis sie schließlich die Tore der Stadt vor sich sahen.

„Kann es sein, dass er sich beim Abhängen mit feinmechanischen Dingen befasst?", konkretisierte Laber-Ra-Barbar, um seiner Vermutung auf den Grund zu gehen.

„Nun, man sagt, er hat sich intensiv mit dem Ablauf der Dinge beschäftigt. Dem Heute. Dem Morgen. Und dem, was dazwischen passiert. Wie lange es passiert. Und wie wir damit zurechtkommen."

„Du meinst die Zeit?"

„Jep. Man sagt, er hat die Zeitmaschine entwickelt."

„Und sie auch gebaut?"

„Jep."

„Und meiner Mutter verkauft?"

„Jetzt hast du's." Barnabas gönnte sich einen Schluck aus seinem Flachmann.

Betreten trottete der Erzähler hinter dem merkwürdigen Mann her und hing wehmütig seinen Gedanken nach. Daran, was er hinter sich hatte, was ihm bevorstand und an das Schmatzen hinter sich.

Das ungleiche Trio ließ die Stadt hinter sich und schlug die Richtung ein, aus der der Erzähler vor einigen Tagen voller Tatendrang aufgebrochen war.

Während einer kurzen Pause zog Laber-Ra-Barbar Volkers Krankenakte unter seinem Hemd hervor. So bürokratisch, wie der Laden gewesen war, so informativ war nun das Ergebnis penetranten und unsinnig erscheinenden Dokumentierens.

„Große Datenmenge", murmelte er und blätterte weiter in der Hoffnung auf etwas zu stoßen, das er verstand. Plötzlich zog er die Augenbraue hoch. Zwischen den Angaben über Geburtsgewicht, Größe, Kopfumfang, einigen Messreihen zu Volkers rasanter Entwicklung und vielen Durchschlägen rutschte eine Notiz heraus. Sie war handgeschrieben, stakkatohaft, unterschrieben von Dr. Kabelschnur. Er erkannte die Namen von Folker, ihrem Sohn sowie seinen eigenen. Sie waren mit Pfeilen und Ausrufezeichen verbunden. Dazu hatte der Verfasser einige Körpermerkmale wie Munde, Nase und Augen beschrieben und offenbar Ähnlichkeiten festgestellt. Und dann waren da noch diverse sehr medizinische

Formulierungen über Diese-Bonus-Klein-Vitamin-Säure oder so ähnlich, die er nicht kannte.

Dieser halbseidene Arzt im Angeberhemd hatte offenbar eine verwandtschaftliche Beziehung zwischen Folker und ihm hergestellt. Demnach war Folker …

Laber-Ra-Barbar rieb sich die Schläfen. Demnach war sie also … Er blinzelte mehrmals. Folker war seine Schwester.

„Ach du Scheiße", fluchte er.

„Was ist los?", wollte Barnabas wissen.

„Hunger", grollte Octavio.

„Ach nichts", gab Laber-Ra-Barbar missgelaunt zurück.

„Das bedeutet meistens, dass eine Menge los ist", durchschaute Barnabas ihn.

Laber-Ra-Barbar hätte sich lieber in einem dunklen, abgelegenen Gang seiner Erinnerungen versteckt. Der Erzähler mochte die Vorstellung an eine Schwester aus mehreren Gründen nicht. Erstens war er sauer, dass Mutter-Ra-Barbar ihm nie etwas von ihr erzählt hatte. Wie lange hätte er mit dieser Lüge leben sollen? Und welche Bedeutung hat Unwissenheit? Hätte er es lieber nie als spät gewusst? Schließlich mochte er sie. Sehr. Zu sehr offenbar. Das würde ihm zumindest diesen lästigen Gedankengang ersparen. Der verstrickte den Erzähler in ein emotionales Tauziehen, an dessen Enden verständige Freude und verliebte Trauer um die Vormachtstellung in seiner Gefühlswelt rangen.

Eine Schwester wäre schon klasse. Geschwister füllten die Zeit, mit der man nicht immer etwas anzufangen wusste. Sie halfen einem, Zeit mit Dingen zu verbringen, die man sich sonst nicht zutraute. Man vertraute einander an, was einen über die Jahre so alles beschäftigte. Ein Freund vom selben Fleisch und Blut. Eine Schwester im Geiste. Dummerweise eine, in die er sich eigentlich ganz gerne verlieben wollte. Ein so passgenaues Gegenteil seiner Eigenarten fand er selten.

Onne-Saife war so ein charakterliches Pendant gewesen und sein bester Freund geworden. Bestürzung überkam den Erzähler, als er an den Tod seines Freundes dachte.

„Scheiße." Er seufzte, während seine Füße den grasbewachsenen Boden verließen und steinigen Untergrund erreichten.

„Ich nehme an, du bist verknallt", fuhr Barnabas fort und deutete auf eine Lakritzschnecke, die am Wegesrand mühsam über einen Stein kroch. Octavio grunzte. Und schmatzte kurz darauf.

„Hm", stimmte Laber-Ra-Barbar kaum hörbar zu.

„Folker?", fragte der Heimatlose und nahm einen Schluck aus dem Fläschchen, das er anschließend in seiner Manteltasche verstaute.

„Ganz schön flach, Mann", sagte der Erzähler amüsiert. „Ich dachte, meine Mutter hätte dir einen gesünderen Lebenswandel empfohlen?"

„Lenk nicht ab. Folker also?"

„Hm hm."

„Dann hast du vermutlich gerade entdeckt, dass sie deine Schwester ist?"

Bei der Frage stutzte Laber-Ra-Barbar. „Du weißt davon?", stieß er hervor.

„Jep."

„Warum hast du mir das nicht längst erzählt?"

„Alles zu seiner Zeit."

„Sie nervt, diese verdammte Zeit!"

„Jep."

„Und, was weißt du noch alles darüber?" Der Erzähler wurde ungeduldig.

„Einiges. In der heutigen Zeit ist Wissen eine Währung, meine vor allem …"

„Komm schon, ich will nicht noch mehr Zeit durch Unwissenheit verlieren."

„Dazu musst du erst einmal welche haben", erwiderte Barnabas.

„Was?" Laber-Ra-Barbars Hirn strauchelte.

„Zeit."

„Hä?" Der Erzähler fühlte sich müde.

„Um sie zu verlieren, musst du sie dir erst nehmen. Mein Tipp: Nimm dir Zeit. Und zwar so viel es geht. Bewahre sie gut, gehe achtsam mit ihr um. Ist sie erst einmal vergangen, wirst du unglücklich sein, weil du sie nicht richtig genutzt hast. Verrinnt sie im alltäglichen Einerlei, wirst du unruhig und erkennst deine Machtlosigkeit beim Versuch, sie zu halten. Ist sie aber verflogen, hast du alles richtig gemacht. Die Zeit ist im Übrigen das Einzige, was du ausnutzen kannst, ohne Reue zu empfinden."

„Herrje." Laber-Ra-Barbar stöhnte, obwohl er neidisch war, weil ihm solch schöne Worte nicht eingefallen waren. „Das klingt alles so ... philosophisch. Was ich will, sind Fakten! Denn im Moment ich habe das Gefühl, die Zeit rinnt mir durch die Finger."

„Nun gut." Barnabas hatte Mitleid. „Sie ist deine ältere Schwester. Interessanterweise wollte sie auf eigenen Beinen stehen, als sie gerade mal neun Jahre alt war. Sie hat ein Bündel gepackt und ist losgezogen. Tz, Frauen ..."

„Red nicht so über meine Schwester!", raunzte der Erzähler den Herumtreiber an.

„Was denn? Sie hatte ihren eigenen Kopf. Nachdem sie eine Weile auf Reisen war, lebte sie bei sehr netten Pflegeeltern in der Stadt", erzählte Barnabas und blickte plötzlich auf. „Ha. Welch Ironie! Sie wollte die große, weite Welt sehen und kam letztlich nur bis zur großen, engen Stadt. Die Stadt. Blendet uns mit ihren Märkten, ihren Reklametafeln, den Häusern,

Straßen und den mehr oder weniger hilfreichen Einrichtungen. Und mit all den Menschen. Pah!". Der Sonderling verzog das Gesicht und kickte einen Stein nach vorn. „All diese Menschen. Dabei ist die Stadt nichts anderes als eine Ansammlung von Fassaden, die die wahren Geschichten der maskierten Menschen hüten. Außen hui, innen pfui, pah."

„Aber du lebst doch auch dort", entgegnete Laber-Ra-Barbar.

„Jep. Die ganzen Idioten zahlen gut für ein paar läppische Informationen. Und die liegen in der Stadt auf der Straße, in den Hinterhöfen. Man erkennt sie beim Blick durch die Gardinen. Man muss nur nach ihnen greifen, sie nur aufheben. Augen auf im Menschenverkehr, sage ich nur. Und zuhören, das haben sie verlernt in der Stadt. Deswegen fragen sie so viel. Und zahlen auch noch für Antworten. Diese Menschen." Barnabas blickte zufrieden, als er auflachte. Dann stoppte er abrupt. „Da vorn ist er."

„Der Steinbruch?"

„Der Fuhrunternehmer, der uns den Rest des Weges mitnehmen kann." Er zeigte auf ein Fuhrwerk, das vor ihnen über den Steinweg zockelte.

O. B. Lix – Steine der Weisen.

„Oh, er hat umbenannt", murmelte Laber-Ra-Barbar und grinste. Sie hielten den Unternehmer an und ließen sich ein gutes Stück des Weges mitnehmen.

Nach einer Weile voller Langeweile, in der jeder seinen Gedanken nachhing, erreichte ihre Mitfahrgelegenheit eine Weggabelung, von der aus man den Steinbruch bereits sehen konnte. Der Tag war weit vorangeschritten und die drei Reisenden froh, dass das Ziel nun endlich kurz vor ihnen lag.

„Von hier könnt ihr den Steinbruch bereits sehen", verbalisierte der Fuhrunternehmer das Offensichtliche. „Ich muss in die andere Richtung weiter und euch daher bitten, das letzte Stück zu Fuß zu gehen", verabschiedete der Geschäftsmann sie.

„Kein Problem." Laber-Ra-Barbar ächzte beim Versuch, elegant von der Ladefläche zu springen. Er rieb sich das Schienbein, nachdem er an der niedrigen Heckklappe hängen geblieben war, und blickte aufgewühlt zum Steinbruch. Dabei formten unterschiedliche Gefühle einen emotionalen Auflauf aus Neugierde, Angst und Übelkeit, die der notgedrungene Verzehr von Lakritzschnecken zweifellos ausgelöst hatte. Der Erzähler hatte Hunger. Und hasste Lakritz.

Das Trio betrat einen schmalen Weg, der entlang einer Felswand in die tiefer gelegene Ebene des Steinbruchs führte. Hier und da stießen ein paar in den Stein gehauene Trampelpfade auf den Weg. Rechts sahen sie das windschiefe Haus des Mannes, der sich nicht nur mit Magie und Feinmechanik auskannte, sondern auch ein Experte für zeitliche Phänomene war. Beim Näherkommen entdeckte Laber-Ra-Barbar ihn, sowie seinen rauschigen ungeheuer langen Bart.

Die ersten wirren Wortfetzen wurden durch die laue Frühlingsluft des späten Nachmittags zu ihnen herangetragen. Fast geschafft.

Octavio grunzte. Laber-Ra-Barbar warf reflexartig eine weitere Lakritzschnecke nach hinten. Der unbeholfene Kerl mit Muskeln wie Eichenstämmen und einem Herz aus Balsaholz streckte die Arme nach vorn und packte zu. Die Lakritzschnecke fiel zu Boden. Octavio starrte mit weit aufgerissenen Augen auf den Fang, den er stattdessen gemacht hatte.

NEUNZEHN
ÜBERRASCHUNGEN

Folker stand an der Klippe. Am Abgrund. Die Zeit schien mit ihr stehen geblieben zu sein. Ihr Herz ebenfalls. Ihre Augen blickten starr und vor Entsetzen geweitet nach vorn. Konnte das sein? Was hatte das Schicksal mit ihr vor? Oder gar Gott? Der Gott? Die Gott? Irgendein Gott? Sollte sie die Zeit wirklich mit diesen Kleinigkeiten vergeuden? Sie versuchte sich eine Frau mit Bart und allmächtigen Fähigkeiten auf einer bequemen Schäfchenwolke vorzustellen, um sich vom Unausweichlichen abzulenken. Ohne Erfolg.

Ihr Sohn war in die Tiefe gestürzt und hatte ihr Herz mitgerissen. Sie spürte es nicht mehr. An der Stelle klaffte ein klischeehaftes Nichts, ein schwarzes Loch, das sie in eine ziellose Ewigkeit sog und mit stiller Bedeutungslosigkeit umfing. Alles war egal. Nichts mehr wichtig. Alles war blass. Nichts mehr richtig.

Das Unausweichliche war also da. Doch was sie jetzt sah, ließ nicht nur ihre Netzhaut austrocknen, es verschlug ihr auch den Atem. Ihr versagte die Kraft. Sie sackte auf die Knie und stieß einen lautlosen Schrei aus. Dann schlug sie sich kräftig vor die Stirn, sammelte ihre Sinne und schluckte.

„Volker?", rief sie in die Tiefe.

„Mama!"

„Folker?!", stammelte Laber-Ra-Barbar, als er nach oben blickte.

„Laber-Ra-Barbar?"

„Ja!"

„Und …?"

„Das ist Octavio", rief ihr der Erzähler.

„Octavio?"

Die Gestalt grunzte und setzte Volker auf den Boden, der kurz zuvor in ihren wuchtigen Armen gelandet war.

„Mama! Ich muss dir unbedingt was erzählen! Also, da war so ein Wirtshaus … ach was, vorher habe ich ganz viel gelesen, ehrlich, und mich benommen, aber dann kam da dieses Wirtshaus …"

„Scht", zischte der Gnampir, der Volker vor einer vorschnellen Preisgabe seiner Erlebnisse bewahren wollte. Ihr Wirtshausbesuch wäre kein guter Start für eine Familienzusammenführung, so viel war klar.

Barnabas mischte sich in die Verwirrung ein. „Jep. Octavio heißt der Bursche. Und ich? Nun, meine Wenigkeit ist Barnabas."

„Oh Mann, Folker", jubelte Laber-Ra-Barbar dazwischen, „ich freue mich so, dich zu sehen. Komm runter, es gibt so viel zu erzählen und zu erklären und zu tun! Folker, man, das ist ein Ding!"

Der Feingliedrige marschierte in großen Schritten im Kreis. Er beäugte die Sonnenuhr, murmelte etwas, zwirbelte seinen Bart. Ab und an hielt er ihn vor seinen Mund und murmelte hinein. Tatsächlich hatte er dort einen Protokollanten sitzen, einen kleinen Käfer mit ausgesprochen hoher Speicher- und Denkkapazität. Er war einigermaßen hässlich, mit mehreren Akustik-Tentakeln, die aus einem großen Kopf ragten und Schallwellen auffangen und verarbeiten konnten. Dazu hatte er einen schlanken Laib, der sämtliche Energie in die kräftigen Flügel leitete. Die waren im Moment kunstvoll zusammengefaltet und unterstrichen im ausgeklappten Zustand mit imposanter Spannweite die skurrile Erscheinung. Mit ihnen war der Protokollant in der Lage, Botschaften über weite Entfernungen zu transportieren.

Der Feingliedrige war ausgesprochen dankbar, diesen knubbelige Kameraden erfunden zu haben. Eine seiner letzten magischen Handlungen, ein Relikt aus seiner fragwürdigen Vergangenheit. Wie oft würde er sich wohl noch fragen, was ihn einst bewogen hatte, einen Pakt mit dem Bösen zu schließen.

Es ging alles sehr schnell und es ging um viele angebliche Vorteile und um Fakten, die alle etwas mit seinem nahenden Alter, mit Absicherung und Sorglosigkeit zu tun gehabt hatten. Das Böse war gewieft in solchen Dingen und hätte er damals seine Lesebrille aufgehabt, wäre ihm die Fußnote zu *ewigem Leben* sicher aufgefallen.

Nun, es war gekommen, wie es offenbar kommen sollte: Er hatte sich und sein Leben dem ewig Bösen verschrieben und hexte und verhexte und diente der dunklen Seite der Schöpfung. Das war eine Weile ganz spannend, doch als er merkte, dass auch ewiges Leben von Arthritis und Blasenschwäche geplagt sein kann und diese Wehwehchen unnötig ausdehnt, zog er sich mithilfe eines verdammt guten Winkeladvokaten in die hintersten Winkel der Vertragslücken zurück. So sprang er dem Bösen von der Schippe. Seine Fähigkeiten kamen ihm dabei nicht vollends abhanden. Sie blühten aber auch nicht mehr in den prächtigsten Farben. Geschweige denn in den wirkungsvollsten.

Die Sache mit dem Leben lief allerdings auf einen recht dauerhaften Deal hinaus. Irgendwann setze er sich ein neues Ziel: Er wollte die gewonnene Zeit nutzen, um verstrichene wettzumachen. Er zog sich in den Steinbruch zurück und grübelte, baute, entwickelte, grübelte und entwickelte noch mehr.

Was ist die Zeit? Was stellt sie mit uns an? Wo beginnt sie? Wo endet sie? Wie entkommt man ihr? Und wohin? Und wie lange dauert das, verdammt noch eins? Diese Fragen prägten fortan sein Leben. Und dann kam dieser denkwürdige Tag, an dem seine Gedanken in sein bisher aufwändigstes Werk münden sollten. Er erinnerte sich, als wäre es gerade erst passiert:

Eines Tages erschien eine Frau bei ihm, die auf der Suche nach ihrem Jungen war und von dem Alten nichts Geringeres als eine Apparatur wünschte, mit der sie Zeiträume überbrücken, krümmen und verkürzen könne. Das fachte seinen Ehrgeiz zusätzlich an und er entwickelte *sie*. Die Zeitmaschine.

Rein maschinell war nicht viel zu holen. Zeit war nicht greifbar, allenfalls messbar. Sie war nicht an rationale Gesetzmäßigkeiten und deren mechanische Verkörperung gebunden. Sie war gänzlich irrational, launisch, rasend und zögerlich zugleich, unbarmherzig in ihrer sturen Konsequenz, und unerreichbar. Ein Geist. Ein Zeitgeist.

Über all das grübelte er nach und diktierte seinen Gedankensalat dem käferförmigen Speicher in seinem Bart, als er plötzlich Stimmengewirr am Rande der Ebene hörte.

„Autsch!", entfuhr es ihm, als er seine zwirbelnden Finger im Bart verknotete. Er schaute hinüber, um zu erkennen, wer ihn da störte. Als das nicht klappte, klemmte er sich sein Gleitsichtmonokel unter die buschige Augenbraue. „Ja, sieh mal einer an. Was die Zeit so mit sich bringt", murmelte er und ließ sich erschöpft auf eine Holzkiste fallen, während eine Gruppe auf ihn zukam. Er betrachtete die zersplitterte Kiste, rieb sich den Steiß und schüttelte ungläubig den Kopf. „Kommt Zeit kommt Rat", sinnierte er

Nachdem Laber-Ra-Barbar den Feingliedrigen aufgehoben und die Trümmer eingesammelt hatte, entfachte Octavio daraus in Windeseile ein fröhlich knisterndes Feuer, an dem sie sich erschöpft niederließen. Die Sonne war versunken und den Versammelten standen Hunger und Durst in die Gesichter geschrieben. Nach Antworten, Anekdoten und gerne auch etwas Brot. Und Schinken. Käse vielleicht? Gab es auch Wein?

Der Feingliedrige zauberte erstaunlich schmackhafte Leckereien aus seiner Bretterbude. Eine Bude, die sich im Inneren als nicht so klein und verbrettert herausstellte, wie Laber-Ra-Barbar es vermutet hatte, bevor er einen verstohlenen Blick hineingeworfen, aber nicht wiedergefunden hatte. Eine raffinierte Sicherheitsmaßnahme des Feingliedrigen, um sich gegen umherstreunendes Gesindel zu schützen, das sich hin und wieder auf dem Weg in die Stadt hierher verlief. Darum hatte der Erzähler diesen Umstand bereits vergessen und befand sich im Gespräch mit Folker, Volker und Barnabas. Octavio schmatzte mehr, als dass er sich am Gespräch beteiligte. In seiner im Grunde beruhigenden und ergebenen Präsenz und mit seinem guten Herzen erinnerte er den Erzähler an vergangene Tage und Abenteuer mit seinem Freund Onne-Saife. War damals alles besser? Unbeschwerter vielleicht. Die Güte der Zeit wurde doch maßgeblich durch die Menschen beeinflusst, mit denen man sie verbrachte. Und da konnte er sich heute wie damals nicht beklagen.

Mittlerweile thronte der Mond über ihnen. Er war voll in seinem Element, zog das Wasser der Erde an und entließ es auf der anderen Halbkugel in die Fluten, trieb einige Schlafwandler ins Freie und Wolfsmenschen in den Wahnsinn. Er war gut drauf und spendete einer Handvoll Menschen Licht, die an einem ausgesprochen wirkungsvollen Feuer saßen, schmatzten und Rat hielten.

„Und was war mit diesem Wirtshaus?" Folker hatte die Bemerkung nicht vergessen.

„Ach, nichts", tönte die Antwort von der Schulter ihres Sohnes.

„Wer ist das überhaupt? Volker, sag mir endlich, was passiert ist!"

„Reg dich ab, Mutti, ich bin alt genug und suche mir meine Freunde selbst aus."

„Alt genug? Dass ich nicht lache! Ich habe dich erst vor ein paar Tagen auf die Welt gebracht."

„Du brauchst auch nicht lachen. Ich will einfach nur ernst genommen werden."

„Aha."

„Und was meinen Begleiter angeht, der ist total super. Er zeigt mir das wirkliche Leben. Da lerne ich eine Menge, echt jetzt."

„Und wie heißt dein … Begleiter?"

„Also rein wissenschaftlich betrachtet ist er ein Gnampir. Das heißt eine kleinwüchsige intelligente Mutation der Gattung Microchiroptera. Er braucht Blut, ich brauche Erfahrung. So sind wir zusammengekommen."

„Sag mal, spinnst du?", platzte es aus Folker heraus. „Du lässt dir das Leben für einen Besuch im Wirtshaus aussaugen?!"

„Ein Besuch, der sich gelohnt hat, wenn ich das anfügen darf", warf der Gnampir ein.

„Du darfst vor allem mal den Mund halten", schmetterte ihm Folker erzürnt entgegen. „Und wir, Bürschchen, sprechen uns später noch." Folker zischte durch die Zähne und versuchte, sich zu beruhigen. „Sonst noch irgendwelche Überraschungen?"

„Nun ja, außer, dass wir Geschwister sind ..." Laber-Ra-Barbar räusperte sich. Und klappte Folkers Kiefer nach oben.

„Wir ...? Was? Wie jetzt ...?"

Man hätte meinen können, das sei die Geburtsstunde der Konfusion gewesen. Doch sie existierte bereits seit Ewigkeiten, hielt mit dem Beginn von allem Einzug. In ständiger Begleitung von Komplexität. Zumindest aus Sicht der meisten Menschen waren diese beiden Szenerieadditive untrennbar verbunden und machten einem das Leben schwer.

Der Erzähler reichte seiner Schwester die Krankenakte. Sie blätterte darin, bis sie den Zettel fand, und entblätterte dabei ihre Fassungslosigkeit. Schließlich begann sie zu schluchzen. Laber-Ra-Barbar sah sie mitleidig an und wischte sich eine Träne aus dem Augenwinkel.

Folker blickte auf. „Ich war noch sehr klein, also ich von zu Hause abgehauen bin. Damals wollte ich was erleben. Mein Plan war, dass ich nach kurzer Zeit zurückkehre. Als ich mich nach ein paar Jahren auf Reisen jedoch in die Stadt verlaufen habe, kehrte ich nicht wieder in die Heimat zurück."

„Siehst du, Mama, sag ich doch. Daheim, wo was los ist. Du bist ja so cool."

Folker streichelte ihrem Sohn über die Wange und spürte die ersten Bartstoppeln. Sie lächelte ihn an. „Cool ist es nicht gerade, seiner Familie mit neun Jahren den Rücken zu kehren", erwiderte sie. „Zeit mit der Familie zu verbringen ist cool. Es ist das Sinnvollste, das zu leisten wir Menschen in der Lage sind."

Der Gnampir nickte anerkennend. Opfer im Familienverbund waren stets willkommene Wirte.

Auch Laber-Ra-Barbar nickte beim Gedanken an seine Familie. Seine Abenteuerlust. Er konnte den Worten seiner Schwester nachfühlen. Bis ihm eine Erinnerung durch den Kopf schoss. „Moment mal!", bellte er plötzlich. „Mir hast du gesagt, deine Eltern seien von einem Baugerüst fortgerissen worden!"

„Tut mir leid. Ich bin nicht stolz darauf, dass ich sie nie wieder besucht habe. Ich habe diese Geschichte lange Zeit erzählt, um mich nicht mit meinem Fortgang beschäftigen zu müssen. Eine kleine Notlüge sozusagen, die ich so lange wiederholt habe, bis ich sie selbst geglaubt habe."

„Eine *kleine Notlüge*?", brüskierte sich ihr Bruder. „*Sie sind um die Welt gereist und haben mich in ein Internat gegeben* wäre vielleicht eine kleine Notlüge gewesen. Oder meinetwegen *Sie haben mich beim Einkaufsbummel in der Stadt in einem Café vergessen*. Aber *von einem Baugerüst fortgerissen*? Du hast sie sterben lassen!"

„Ich sagte doch, es tut mir leid", entgegnete Folker leise. Ihr Blick warf noch die Bitte um Verständnis hinterher.

„Wie auch immer, eine Lüge bleibt eine Lüge. Nun gut, lassen wir es zunächst dabei", grummelte der Erzähler, der zu den Ereignissen zurückkehren wollte, die sie erst auseinander und später wieder zusammengeführt hatten. „Dann bin ich also etwa neun Jahre nach dir zur Welt gekommen", nahm er den Faden wieder auf. „Aber sie haben nie von dir erzählt."

„Jep", mischte sich Barnabas rülpsend ein. „Die Trauer war zu groß. Die Angst, dir damit Flausen in den Kopf zu setzen, zu gegenwärtig." Dabei sah er Laber-Ra-Barbar an.

„Na, du musst es ja wissen", gab Laber-Ra-Barbar genervt zurück.

„Jep."

„Sagebuck, das ist eine Wucht." Folker seufzte.

Das Feuer knisterte geradezu fantastisch. Jeder der Anwesenden vergrub sich für einen Moment in seinen Gedanken.

Ein lustiges Bild, dachte Gevatter Mond, verbarg sein strahlendes Antlitz kurz hinter einer Wolke und tauchte die Szenerie damit in verheißungsvolle Dunkelheit, die von den emporzüngelnden Flammen stilsicher akzentuiert wurde.

Es war nicht nur dunkel, es war düster. Das passte ideal zu Raff-Aels Stimmung. Er kauerte auf einem Baumstumpf und seufzte. Er war losgegangen, ohne anzukommen. Außer am unteren Ende seines Stimmungsbarometers. Natürlich hatte sich nun der Mond hinter einer Wolke verkrochen, um die düstere Stimmung passend zu untermalen.

Er wog einen Würfel in der Hand. So groß etwa, wie die Knobelwürfel, mit deren vollkommen unspektakulärer und vom launischen Zufall getriebener Funktionalität in zwielichtigen Spelunken Geldsummen bewegt wurden. Der Würfel war mit geheimnisvollen Schnitzereien versehen, magischen Runen gleich, die vor allem dem Zweck dienten, nach geheimnisvollen magischen Runen auszusehen. Diese Optik verlieh dem mit Sagen behafteten Gegenstand eine Wertigkeit, die zu Achtsamkeit aufforderte.

Mithilfe der Geheimnisse und Legenden, die man sich im Rauch einer Schmunzelpfeife und im Rausch eines frisch gezapften Gerstengebräus unter den tief hängenden Lampen der Wirtshaustische zuflüsterte, würde der Würfel so manches Zeitalter überdauern.

Der Gauner hatte im Laufe der Jahre immer wieder versucht, ihre Beschwörungsformel beinahe fehlerfrei aufzusagen. So kam er zwar ein ums andere Mal tatsächlich dort an, wo er hin wollte. Es gelang ihm jedoch nicht, dem Eigensinn des Würfels dauerhaft zu trotzen. Immer häufiger misslang es Raff-Ael, seine Destination einigermaßen genau zu bestimmen. Und dieses Mal war es besonders schwierig. Denn wo konnte man ein solches Instrument des ziellosen Zeitvertreibs vernichten.

„Heute hier und morgen dort, jeden Moment an einem anderen Ort", murmelte er und sehnte sich nach Halt, Geborgenheit, Wurzeln. Etwas, das sein Herz hielt, das der Zeit ihren Sinn zurückgab und ihn vor der Bedeutungslosigkeit bewahrte.

Verbrennen hatte nicht funktioniert. Er betrachtete die durch den Heilungsprozess schreitende Brandblase. Heiß war der Würfel geworden, ohne dass das Feuer ihn interessiert hätte.

Wegwerfen hatte ebenfalls nicht geklappt. Der Gauner rieb seine Beule am Hinterkopf. Weil er nicht mit dem Bumerang-Effekt rechnete, hatte er den Würfel achtlos weggeworfen und prompt die Rechnung dafür bekommen. Offenbar hatte sein Erbauer ihm ein störrisches und anhängliches Eigenleben verpasst, das ihn einem treudoofen Dackel gleich an seinen Besitzer band.

Tick. Tack.

Raff-Ael schaute auf. „Jetzt?" Er verwarf den Gedanken, was leicht fiel, so kurz, wie er gewesen war. Ohnehin hatte er keine Lust, sich jetzt damit befassen zu müssen. Was würde er als Nächstes versuchen, um das Objekt loszuwerden?

Versenken?

Zerhacken?

Tick. Tack.

Das Geräusch wurde lauter, der Gauner nervöser.

„Was soll das?", schallte es vom Baumstumpf. Er hatte nicht an die Formel gedacht. Dem Zeitsprung abgeschworen. Woher um alles in der Welt kam das Geräusch? Wie ein Geist surrte es durch die Nacht.

Tick. Tack. Tick. Tack.

„Verdammt noch eins!", raunzte er eine karierte Echse an, die sein Grübeln neugierig beobachtet hatte und irritiert mit ihrer klebrigen Zunge schnalzte.

Mehr Zeit als für ihr Schnalzen blieb auch nicht, da der Gauner mit einem lautlosen Donner vom Baumstumpf verschwand.

Sie blinzelte kurz. Raff-Ael war fort, der Baumstumpf leer. Sie wandte sich um und lief los.

Folker holte das Bild hervor, dessen Anblick sie gefangen genommen und fortan nicht mehr losgelassen hatte.

„Der Junge, das bist du, oder?", wandte sie sich an ihren Bruder.

Laber-Ra-Barbar betrachte das Bild und schluckte. Langsam nickte er, während er nach Worten rang. Schließlich siegte er gegen die drohende Sprachlosigkeit und erhob sich.

„Ich sitze auf Mutter-Ra-Barbars Schoß. Das war lange, bevor ich fortgegangen bin. Ha." Er lachte trocken auf. „Fortgegangen, um etwas zu erleben. Genau wie du. Ich war lange Zeit Geschichtenerzähler auf einem Piratenschiff. Zu mehr habe ich es nicht gebracht." Er ging auf und ab.

„Das ist mehr, als die meisten zustande bringen", lobte Barnabas ihn.

„Du musst es ja wissen", grummelte der Erzähler.

„Jetzt werd nicht gemein", unterbrach Folker den abwertenden Einwurf ihres Bruders. Ihres einzigen Bruders. Freude keimte in ihr auf und wuchs zu einem leisen Kribbeln heran. „Du hast den Menschen Zeit geschenkt, Zeit, ihren eigenen Horizont zu erweitern", beschwichtigte sie ihn.

„In etwa dasselbe hat auch Mutti gesagt." Laber-Ra-Barbar lächelte.

„Wo ist sie?", fragte Volker.

„Tot."

„Oh."

„Sie wurde umgebracht."

„Autsch!" Der Junge wusste nicht so recht, wie er auf eine solche Nachricht reagieren sollte.

Laber-Ra-Barbar zog den Zettel hervor, den er sorgsam in der Brusttasche seines Hemdes aufbewahrt hatte. Der Feingliedrige räusperte sich lautstark.

„Darf ich mal sehen?", sagte er mit kratziger Stimme.

Der Erzähler reichte dem alten Mann die Notiz. „Sicher, warum nicht?"

Auf dem Gesicht des ausgedienten Hexers flackerten unruhige Schatten im Schein der Flammen. Seine tiefen Falten und Furchen schienen sich unentwegt zu bewegen, während er leise vorlas:

Er ist gekommen.
Er holt mich.
Fordert Tribut.
Das wird mein Ende sein.
Der Feingliedrige...

„Hmm." Er schien seine Vermutungen bestätigt zu sehen. Seine Stirn entfaltete sich, er hob den Blick und sein Gesicht schien sich aufzuhellen.

„Was ist?", fragte Laber-Ra-Barbar. Er verfing sich in den dichten Gemütsmaschen, an deren Knoten sich

Wissbegierigkeit und Wahrheitsscheu kreuzten. Angst vor der Erkenntnis begann zu sprießen.

„Er hat sie erwischt. Und so schließt sich der Kreis."

„Wer? Welcher Kreis?", wollte Folker wissen.

Der Feingliedrige hob die Hände und riss die Augen auf, er mochte Dramaturgie. „Wer? Ich sag es euch: der Zeitgeist. Er hat eure Mutter auf dem Gewissen." Vergeblich wartete er auf weitere Fragen. Die Verwirrung war zu groß, sodass er die Dramaturgie über Bord warf und fortfuhr: „Der Zeitgeist, Mutter-Ra-Barbar, ihr beiden, die Zeitmaschine, das passt alles zusammen."

„Die Stadt?", ergänzte Laber-Ra-Barbar. „Studiosus? Die Büchergilde?"

„Alles", kam es trocken zurück.

Octavio schnarchte und zerriss damit den Vorhang der geheimnisumwobenen Wortklauberei.

„Fein, das hätten wir also", warf Barnabas ein. „Jetzt fehlt nur noch eins."

„Und das wäre?", fragte ihn der Erzähler.

„Der Zeitgeist", antwortete der Feingliedrige. „Wir holen den Zeitgeist zu uns."

ZWANZIG

DER ZEITGEIST

Tick. Tack.

Alle Anwesenden konnten die Zeit leise, aber durchdringend hören.

Tick. Tack.

Dem Voranschreiten zu lauschen, konnte unglaublich nervtötend sein.

Tick. Tack.

Umrahmt vom Schweigen der Umsitzenden dröhnte das zarte Geräusch förmlich in den Ohren.

Tick. Tack.

Der ehemalige Hexer sprach kaum hörbar einige seltsame Verse und bewegte sich sonderbar dazu. Er hob die Arme, sodass die weiten Ärmel seines löchrigen Umhangs wie Flügel im lauen Wind und im schwummerigen Schein des Feuers wehten.

Tick. Tack.

Er hüpfte, machte einen Ausfallschritt und Volker musste sich ein Lachen verkneifen. Barnabas konzentrierte sich darauf, sich seinen Harndrang zu verkneifen. Dafür war jetzt schließlich keine Zeit. Und Laber-Ra-Barbar versuchte, seinem mulmigen Gefühl Einhalt zu gebieten, dass irgendetwas Wichtiges passieren würde. Ein Ereignis, das ihm eine Reaktion abverlangen könnte.

Der Zeitgeist würde kommen.

Tick. Tack.

Was sollte er nur tun, wenn der Mörder seiner Mutter vor ihm steht? Ihn zur Rede stellen? Vermutlich. Das war zwar nicht das Einzige, was ihm einfiel, aber das einzige, das er wirklich beherrschte.

Tick. Tack.

Noch ein Hüpfen. Noch ein Schwenk mit den Armen. Unsicheres Amüsement bei den anderen. Unerwünschter Harndrang. Unaufgeforderte Angst. Die Szenerieadditive verhedderten sich, die Atmosphäre strotzte vor Uneinigkeit und Anspannung.

Dann ... Stille.

Eine Implosion von Schallwellen zerrte an den Gehörgängen und stürmte lautlos auf sie ein. Plötzlich stand er da. Inmitten ihrer Gruppe.

„Autsch!", schrie er und sprang zur Seite, schnell genug, um nicht vom Feuer angesengt zu werden.

„Raff-Ael?" Hier waren sich Folker und Laber-Ra-Barbar einig.

„Hä?" Der Gauner war verwirrt, blickte sich um, suchte seinen Baumstumpf, die karierte Echse, ein Stück Einsamkeit, das er so sorgsam ausgewählt hatte. Stattdessen fand er überraschte, verwirrte und fragende Gesichter.

„Raff-Ael", wiederholte Folker ihre freudig erregte Verwunderung und fiel ihrer großen Liebe stürmisch um den Hals.

„Raff-Ael, was machst ... Wie kommst ... äh?" Laber-Ra-Barbar gab auf und blickte nach unten, wo Raff-Ael sich aus

Folkers Umklammerung löste, ihr auf die Beine half und sie zärtlich an sich drückte.

„Stürmisch, wie neulich." Er grinste sie an, ließ eine Horde Glückshormone Körper und Geist in Euphorie versetzen.

„Hey, Finger weg von meiner Mutter!", keifte Volker den Gauner an und versuchte, sich zwischen die beiden zu drängen.

„Ist schon in Ordnung, Volker", beschwichtigte Folker ihren Sohn im sanften, beruhigenden Tonfall. „Das ist Raff-Ael, dein ... ähm ... Vater. Wenn mich nicht alles täuscht."

„Alles täuscht?" Ihr Sohn blickte sich fragend um.

„Sohn?" Raff-Ael schwankte zwischen Ungläubigkeit und Begeisterung.

„Nun, es ging alles so schnell."

„Warum nur wundert mich nichts mehr?" Der Junge seufzte und setzte sich zurück ans Feuer. Eine kurze Weile wurde aufgeregt gefragt, bruchstückhaft erklärt und verwirrt drauf los gesprochen.

„Sieh an, die Zeitmaschine", bemerkte Barnabas den kleinen Würfel in Raff-Aels Hand und unterbrach das allgemeine Gemurmel abrupt.

„Hmm", hörte man den feingliedrigen Hexer murmeln, der die Zeit für gekommen sah, ihr die Stirn zu bieten. „Der Zeitgeist", fügte er an.

Laber-Ra-Barbar hatte nach einem inneren Kampf zwischen absoluter Resignation und der ihm eigenen bedingungslosen Unbefangenheit wieder Selbstvertrauen und Zuversicht gewonnen. Er mischte sich in die Konversation ein, um dem ewigen Hin und Her ein Ende zu setzen. Dabei wandte er sich an den vermeintlich Einzigen, der in der Lage war, das Ereignispuzzle der letzten Tage zusammenzusetzen.

„Hey! Äh, wie heißt du eigentlich?", fragte er den Alten.

„Gute Frage." Der feingliedrige Hexer nickte. „Meine wahre Identität habe ich damals aufgegeben, als ich einen Pakt mit dem Bösen schloss." Ein Raunen ging durch die kleine Versammlung und wollte eigentlich eine Diskussion lostreten. Der alte Mann kam ihm zuvor und erläuterte, was sich damals ereignet hatte.

„Ein Pakt, der mir ewiges Leben versprach. Alles was ich tun musste, war ein wenig hinterlistige Hexerei hier anwenden, ein wenig magische Unruhe dort verursachen. Na ja, ein schlechter Handel unterm Strich, hätte ich vorher wissen können. Jedenfalls ist das so lange her, dass ich nicht mehr weiß, wie ich heiße." Seine Stimme sank im Leck geschlagenen Boot des Selbstmitleids auf den Boden emotionaler Gewässer.

„Kein Problem", holte Laber-Ra-Barbar zur Seenotrettung aus. „Lass uns einen Namen suchen. Einen Namen, der dich im Hier und Jetzt verortet. Der nur so vor Allgemeingültigkeit strotzt. Ein Name, so normal und eingängig wie …wie ein Käse-Sandwich mit … Käse. Ein Name, der klingt … ein Name wie …"

„Hans", bölkte Volker dazwischen.

„Hans, welch banaler Name, großartig!" Laber-Ra-Barbar strahlte. „Hans ist ein Name, der klingt. Hans ist dein Gefährte, einer, dem es egal ist, wenn du ihn freundschaftlich in den Magen boxt. Hans."

Die Blicke der anderen richteten sich auf ihn, verirrten sich und verwirrten ihn. *Was solls,* dachte der Hexer bei sich und nickte. *Alles besser, als in der namenlosen Abgeschiedenheit des Eremitendaseins in Vergessenheit zu geraten.*

„Nun, Hans", beruhigte sich der Erzähler. „Nur du kannst Licht ins Dunkel bringen, hilf uns, zu verstehen. Was hat uns hergeführt, was eint uns?"

Der Hans blickte auf und lächelte. Die Zeit war gekommen.

„Nun denn, es ist wohl so weit, euch alles über den Zeitgeist zu erzählen", setzte er an. „Hört gut zu und entscheidet selbst, wie ihr mit der euch gegebenen Zeit verfahren wollt. Sie ist in der Tat ein Geist. Unsichtbar, doch jederzeit spürbar. Ihre Präsenz ist allgegenwärtig, die Auswirkungen ihres Tuns unausweichlich. Sie beschleunigen? Einholen? Krümmen? Verzögern? Menschliches Wunschdenken. Verständlich, aber einem Geist nicht ebenbürtig."

Sie legten ein letztes Mal Holz nach, schürten das Feuer und lauschten gespannt.

„Es begann mit deinem Fortgehen, Folker. Die Trauer um den Verlust nährte den Wunsch nach einem zweiten Kind. Mutter-Ra-Barbar wollte ihm mehr Abenteuer bieten. Laber-Ra-Barbar", wandte er sich direkt an den Erzähler, „dein Sturz in einen Topf mit Buchstabensuppe tat sein Übriges. Dein Geist entwickelte sich rasant, deine Fantasie überschlug sich förmlich. Um sie zu nähren, lieh Mutter-Ra-Barbar Bücher aus. Und das in Massen. Die Erträge des Hofs schrumpften mit den Jahren, die Leihgebühren stiegen – und damit die Schulden."

„Der Anfang ihres Drogenhandels?", schlussfolgerte der Erzähler.

„Genau. Es kam eins zum anderen. Sie wurde von der Gilde übers Ohr gehauen, pendelte immer öfter zwischen Hof und Stadt und musste einen fliegenden Marktstand finanzieren."

„So einen, wie ich ihn von dir bekommen habe?", fragte der Erzähler. „War es etwa…?"

„Es war der Stand deiner Mutter, genau. Und dann gingst auch du fort." Es wurde für einen Moment still. Von Octavius Schnarchen abgesehen. „In ihrer Verzweiflung wandte sich deine Mutter an mich. Sie hatte den Wunsch, der Zeit ein Schnippchen zu schlagen. Sie hatte sich in den Kopf gesetzt, dich nicht nur zu suchen, sondern zu finden – und wer weiß, vielleicht sogar auch Folker. Sie wollte der Zeit auf die

Sprünge helfen und ich sollte ihr dabei helfen. Nun, meine magischen Kräfte reichten aus, um … etwas zu entwickeln. Etwas, das einer Zeitmaschine nahe kam."

„Deswegen also legt man zwar Entfernungen zurück, überspringt aber die Zeiträume", warf Raff-Ael ein. „Und ich dachte, es läge daran, dass ich den Spruch nicht wirklich korrekt auf die Reihe bekomme."

„Pah, der Spruch!", rief Hans verächtlich. „Der Spruch ist nur ein bisschen Beiwerk, damit man bewusst und achtsam mit dem Würfel umgeht und sich magisch dabei fühlt. Dass man ihn korrekt ausspricht, ist eigentlich nicht so wichtig." Hans machte eine kurze Pause. „Es gab aber noch einen bedeutenderen Nachteil, der die Zeitmaschine zu einem Geist werden ließ."

„Und der war?", fragte Laber-Ra-Barbar.

„Der Besitzer altert schneller."

„Kenne ich, kann ich mit leben", warf Volker ein.

„Ha, Junge, erfreue dich deiner jugendlichen Naivität, aber gib Obacht. Der Schein trügt, vor allem, wenn man so jung ist wie du. Oder so alt wie Mutter-Ra-Barbar."

„Was ist ihr passiert?", fragte Folker.

„Sie suchte, handelte, suchte. In der Stadt hatte sie ein Zimmer gemietet, um ihre Recherche dort zu intensivieren. In den verwinkelten Archiven der Behörden hoffte sie, Hinweise über euren Verbleib zu finden. Akteneinträge, urkundliche Erwähnungen, irgendwelche Listen mit dem ausschließlichen Nutzen, Menschen damit auf Trab zu halten. Doch das Rennen gegen die Zeit war nicht zu gewinnen." Der ehemalige Hexer kratzte sich am Kopf und schaute einen Moment schweigend ins Feuer. Als müsse er seine Erinnerungen erst wieder im Hinterstübchen der Vergangenheit einsammeln und sortieren. Schließlich fuhr er fort: „Sie verkaufte die Zeitmaschine an einen Kuriositätenhändler und zog sich auf den Hof zurück."

„Studiosus!", rief Raff-Ael. „Von ihm habe ich den Würfel erworben." Er blickte auf den verhassten Gegenstand in seiner Hand. „Was hatte ich mir nicht alles erhofft." Er seufzte.

„Was denn?", wollte Barnabas wissen.

„Spannung und Abenteuer. Gelegenheiten und Möglichkeiten. Aufregung und Erregung. So was eben."

„Also nichts Konkretes", sinnierte der Herumtreiber.

„So gesehen", gab der Gauner zu. „Man gewinnt nichts, es kostet nur. Zeit, Nerven, Geborgenheit, Orientierung und Zufriedenheit, um genau zu sein."

„Genau. Ein hoher Preis", fügte Hans an und nahm seine Ausführungen wieder auf. „Raff-Ael hatte sich die Zeitmaschine unter den Nagel gerissen. Laber-Ra-Barbar, kommen wir zu deiner Nachricht." In einer bedeutungsvollen Geste hielt er den Zettel in den Schein der Flammen. „Sie hat dem Geist der Zeit ins tickende Antlitz gesehen, sein Wesen verstanden und sich in die Unausweichlichkeit seines Tuns ergeben, das so untrennbar mit unserem Sein verbunden ist. Ich bin sicher, sie war ausgesprochen zufrieden in diesem besonderen Moment, in dem die Zeit endlich keine Rolle mehr gespielt hat. Dem Moment ihres Todes."

Dabei ließ der feingliedrige Hans die Notiz los. Der Zettel schwebte wogend in die Flammen. Seine Ränder verfärbten sich braun, wellten sich nach oben, begannen zu glühen und erstrahlten im dunklen Rot, bis er schließlich gänzlich von den Flammen verzehrt wurde.

„Ich bin also einem Phänomen hinterhergejagt?", fragte Laber-Ra-Barbar.

„Jep", erwiderte Barnabas. „Tun wir das nicht alle?"

„Das stimmt wohl." Folker seufzte und rückte näher an Raff-Ael, der seinen Arm um ihre Schulter legte und sich an sie schmiegte.

„Das ist korrekt, Laber-Ra-Barbar", fuhr Hans unbeirrt fort. „Und während du auf der Suche warst, bist du in die Fänge der Büchergilde geraten. Weshalb das passiert ist, dürfte mit Blick auf deine kostspieligen literarischen Ausflüge wohl klar sein. Nun, und was es mit euch beiden auf sich hat", dabei wandte sich der Feingliedrige lächelnd den Verliebten zu, „das bedarf wohl keiner Erklärung. Und du, Volker, wurdest unter Einwirkung der Zeitmaschine gezeugt."

„Und hoch schlagender emotionaler Wellen", ergänzte Raff-Ael grinsend.

„Das erklärt das Phänomen deines schnellen Wachstums", schloss der Feingliedrige seine Erzählung.

Laber-Ra-Barbar kramte die Krankenakte hervor. „Und das ist etwas, das wir auf keinen Fall der Wissenschaft überlassen dürfen. Wie wir sehen, ist das Spiel auf Zeit ein aussichtsloses."

Folker riss ihm die Akte aus der Hand und warf sie entschlossen ins Feuer. „Wie recht du doch hast." Sie grinste, zog aber im nächsten Moment die Stirn kraus. „Können wir Volkers Wachstum Einhalt gebieten?", richtete sie sich an Hans.

„Möglicherweise."

„Wie?"

„Vernichtet die Zeitmaschine."

„Das habe ich bereits erfolglos versucht", bemerkte Raff-Ael.

Betretenes Schweigen.

Schließlich nahm Folker seine Hand. „Wir werden es gemeinsam versuchen."

„Und wie genau soll das gehen?"

Die Geschichte vom Geist der Zeit war erzählt. Die Magie zwischenweltlicher Mächte waberte unruhig in einem kleinen Würfel, den Raff-Ael, die Faust in der Tasche, fest umschlossen hielt.

Der Mond hatte sich bestens unterhalten vom himmlischen Acker gemacht und erste Sonnenstrahlen hatten die Schatten der Nacht vertrieben.

Die Sonne stand hoch, als eine Gruppe Wanderer einen von Sträuchern umrandeten und von Bäumen beschatteten Hof erreichte. Vor dem morschen Holztor blieben sie stehen und blickten andächtig in den verwilderten Garten. Folker tauschte einen vielsagenden Blick mit Laber-Ra-Barbar, den der Erzähler nickend erwiderte. Sie öffnete vorsichtig das Tor zur Heimat. Als hätte sie dem Zahn der Zeit Einhalt geboten, schwang die Gartentür geräuschlos auf.

Sie schritten einer nach dem anderen in den Garten. Vorsichtig, als wollten sie niemanden stören, stiefelten sie durch das Gestrüpp und blieben schließlich vor einem altehrwürdigen Baum stehen. Das Grab ihrer Eltern strömte eine beruhigende Ruhe aus.

Volker trat neben seine Mutter und nahm zärtlich ihre Hand. Eine angenehme Wärme durchströmte die beiden.

„Das Grab von Oma und Opa?"

Sie nickte. „Schade, dass sie dich niemals kennenlernen werden. Schade, dass sie mich nie richtig kennengelernt haben. Wie dumm ich war."

„Ach, Mama, wir machen alle Fehler. Sie machen uns zu dem, was wir sind: Gefühlsmenschen. Und manchmal auch Gefühlsdusel."

Laber-Ra-Barbar strahlte. Was für ein eloquenter Neffe! Er malte sich bereits aus, wie die beiden gemeinsam Geschichten spinnen und ihr Umfeld damit regelmäßig bei Laune halten würden. Octavio kaute auf ein paar Äpfeln herum, während

Barnabas vergorene Früchte in seinen Flachmann auspresste. Raff-Aal holte den Würfel hervor. Wie auf Zuruf drehten sich alle zu ihm.

Tick. Tack.

Das Objekt wackelte nervös auf seiner Handfläche. Unruhe drängte sich in den friedvollen Moment. Laber-Ra-Barbar trat an den Gauner heran und betrachtete das schöne Stück. Seine reichen Verzierungen versprühten eine gleichmäßige und gleichsam unruhige Schönheit. Bronzefarben mit leichten schwarzen Schlieren schien es auf den nächsten Sprung zu warten. Als würde er ungeduldig, wenn er sich zu lange an einem Ort aufhielt, wechselte der Würfel plötzlich die Farbe und begann rostrot zu schimmern. Dabei begannen einige der Schnörkel hell zu leuchten.

Tick. Tack.

„Warum nur konnte er dem Zeitgeist Gestalt geben, sie ihm aber nicht nehmen?", fragte der Erzähler.

„Kannst du dich etwas weniger blumig ausdrücken?", fragte Raff-Ael angespannt.

„Hans konnte uns nicht sagen, wie wir den Zeitgeist zerstören sollen."

„Ähem", räusperte sich Barnabas. „Vielleicht wollte er es nicht."

„Wie meinst du das?" Folker blickte ihren Nachbarn fragend an. Der Herumtreiber überlegte kurz. Dann hob er den Kopf und dachte scharf nach.

„Sss", zischte es von Volkers Schulter, als hätte sich jemand an Barnabas Gedanken geschnitten. Erschrocken bewarf die Gruppe den Gnampir mit Blicken. Das kleine lästige Anhängsel auf Volkers Schulter hatten sie ganz vergessen. Durch die gemeinsame Vereinbarung gebunden hatte sich der Gnom zurückgehalten, um im passenden Moment an eine fällige Blutspende zu erinnern. Doch jetzt konnte er tatsächlich etwas beitragen und fühlte sich überraschend nützlich. „Ich sehe das so: Er hat den Zeitgeist in diesen Würfel gebannt, weil ihr Menschen Herr über ihn sein wolltet. Eine schlechte Idee, glaubt mir, ich kenne mich mit Lebenszeit aus, beobachte sie schon sehr, sehr lange. Meine Abhängigkeit von ihr ist eher indirekt. Euer Blut ist meine Zeit. Ich will Zeit gewinnen, also beiße ich zu. Wenn ihr hingegen Zeit benötigt, müsst ihr sie euch nehmen. Und wenn ihr meint, zu viel Zeit zu haben und sie loswerden wollt, müsst ihr jemandem Zeit geben. Klar?"

„Äh, hm", macht Laber-Ra-Barbar. „Also, äh …"

Tick. Tack.

Grübeln machte sich breit. So breit, das eine ganze Weile Stille herrschte. Schließlich, wie auf Kommando, blickten sie einander an. Und der Erzähler verstand. Er streckte die Hand nach dem Würfel aus.

„Darf ich?", fragte er.

„Den Zeitgeist vernichten? Mit Vergnügen." Vorsichtig hob der Erzähler ihrer aller Widersacher in die Höhe.

„Komm wieder, aber geh." Er fand diesen Satz etwas kitschig, aber er passte nun mal.

„Hä?", kam es von Volker.

„Scht", entgegnete seine Mutter, während ihr der Erzähler fortfuhr: „Kehre zurück, wenn unsere Zeit gekommen ist. Doch hier und jetzt lassen wir dich gehen und wenden uns den wichtigen Dingen des Lebens zu."

„Lakritz?", grunzte Octavio und blinzelt ins Sonnenlicht.

Der Erzähler ließ sich nicht ablenken. „Hier", sagte Laber-Ra-Barbar und reichte dem Gnampir den Würfel. „Ich gebe dir Zeit."

Eine Pause. Der Bogen der Dramaturgie war zum Bersten gespannt.

Tick. Tack.

„Wohl bekomm'sss", zischte der Gnampir, zerriss damit den Bogen. Mit seinen spitzen Zähnen spaltete er den Zeitgeist. Es zischte, Funken stieben umher, der Himmel verdunkelte sich – zumindest stellte Laber-Ra-Barbar es sich so vor. Er fand es irgendwie passender als unbekümmerten Sonnenschein. Immerhin passierte hier gerade etwas Geschichtsträchtiges.

Der Gnampir kaute genüsslich auf den magischen Krümeln der Zeit, leckte sich die Hände und rülpste zufrieden.

Das Ticken verstummte.

Die Sonne strahlte. Der Wind trug einen Hauch von Lavendel heran.

„Ziemlich unspektakulär", flüsterte Raff-Ael. Am Himmel turtelten zwei Meckermöwen. Und vom Fuß des Baumes schnalzte eine karierte Echse der versammelten Truppe zu.

„Beinahe kitschig." Folker grinste.

„Und wenn schon", fügte Laber-Ra-Barbar an. „Genießt den Moment. So viel Zeit muss sein."

Eine kleine karierte Echse musterte die kleine Gesellschaft, die sich wenig später gemeinsam auf den Weg gemacht hatte, ein wohl sortiertes, gleichförmiges und erfrischend langweiliges Leben zu führen.

Sie schnalzte vergnügt mit der Zunge, huschte über den bemoosten Boden und betrachtete kurz die verbliebenen herumliegenden Krümel des Zeitgeists.

Einen kurzen Moment später waren die Krümel verschwunden. Und mit ihnen die Echse.

Tick. Tack.

Quellennachweis

1) „Da! Da ist er. Sieht gar gewöhnlich aus. Nicht wie ein Verbrecher. Doch Schluss aus, kommt Kameraden, machen wir ihm den Garaus!" (Urheber unbekannt)

2) „Durch diese hohle Gasse muss er kommen!" aus „Wilhelm Tell IV / 3" von Friedrich Schiller (1759 – 1805)

3) „Ha, Bursche, du läufst zurecht – böses Gewerbe bringt bösen Lohn!" aus „Wallensteins Lager" von Friedrich Schiller (1759 – 1805)

4) „Das war kein Heldenstück, Octavio!" aus: „Wallensteins Tod III,9" von Friedrich Schiller (1759 – 1805)

5) „Der rechte Mann an der rechten Stelle!" aus einer Rede von Austen Henry Layard, Archäologe, vor dem britischen Unterhaus (1817 – 1894)

6) „In der Beschränkung zeigt sich erst der Meister!" aus dem Sonett „Natur und Kunst" von Johann Wolfgang von Goethe (149 – 1832)

7) „Glück ist, seinen Anlagen gemäß verbraucht zu werden." von Frank Wedekind (1864 – 1918)

8) „Der wahre Bettler ist doch einzig und allein der wahre König!" aus „Nathan der Weise / II / 9" von Gotthold Ephraim Lessing (1729 – 1781)

9) „Das Leben kommt auf alle Fälle aus einer Zelle. Doch manchmal endets auch – bei Strolchen! - in einer solchen!" aus „Zellen" von Bertold Brecht (1898 – 1956)

10) „Die Welt ist arm, der Mensch ist schlecht. Da hab ich eben leider Recht" aus „Dreigroschenoper" von Bertold Brecht (1898 – 1956)

11) „Leben im Zitat" aus „Leben im Zitat: zur Modernität der Romane Stendhals", Franziska Meier, 1993